KB080711

아주 오랜만에 행복하다는 느낌

아주 오랜만에 행복하다는 느낌

백수린 에세이

창비

차례

3부 멀리, 조금 더 멀리

1부

나의 작고 환한 방

장소의 기억, 기억의 장소

지금 내가 살고 있는 동네를 처음 알려준 사람은 M이모다. 진짜 이모는 아니고 엄마의 친구인 그녀를 나는 M이모라고 불렀다. M이모는 조금 특별한 방식으로 인생을 사는 사람이었다. 그녀는 1970년대에 독일로 유학을 떠날 정도의 엘리트 여성이었지만 유학을 다녀온 이후 대단한 직업을 갖지 않고 결혼도 하지 않은 채 경기도의 작은 주택에서 농사를 지은 작물로 음식을 해 먹으며 고요히 홀로살았다. 언젠가 이모의 집에 놀러 갔을 때 보았던, 들판의 높다란 옥수숫대와 이모가 해주었던 두부김치—이모는 두부를 기름에 지지지 않고 살짝 데쳤고, 김치는 들기름에 조물조물 버무렸다—요리는 지금도 여름이면 생각난다. 엄마의 친구는커녕 형제자매들 중 누구에게도 그다지 싹싹한 편이 되지 못하는 내가 M이모를 따랐던 것은 독특한 삶의 방식을 가진 그녀가 매우 영적인 사람이었기 때문일 것이다. 내면의 어둠을 잘 견디지 못한 탓인지 어려서부터 종교랄지 구원이랄지 하는 것들에 관심을 가져왔으나 어느 종교에도 끝내 설득되지 못해 괴로웠던 나는 언제나 종교심이 깊은 사람들, 영성이라든지 신앙심, 도라든지 우주의 원리 같은 것들에 대해서 이성적으로 설명해줄 수 있을 법한 사람들과 대화하는 것을 좋아해왔다. 독일에서 돌아온 이후, 긴 세월 동안 공부했던 학문과 무관한 신학을 홀로 연구하며 수도자처럼 사는 M이모에게 내가 메일을 보내 인생이 무엇인지, 죽음은 무엇인지, 신이 존재하는지 같은 추상적인 질문들의 답을 달라고 졸라댔던 것은 그 때문이다.

이모와 한동안 연락이 끊긴 것은 어떤 이유였던가? 자세히 기억나지는 않지만 오랜만에 내가 이모에게 연락했을 때 이모는 경기도의 집을 처분하고 서울에서 살고 있다고 했다. "서울 어디에 살고 있어요?" 나는 뜻밖이라는 생각에 이모에게 다시 물었다. 내가 알기로 이모는 서울에서 집을 구해 살 수 있는 형편이 되지 못했다. "아주 재미있는 동네야." 이모는 그렇게 말하며 "언제 너도 한번 놀러오렴. 좋아할 것 같은데"라고 답을 했다. 그로부터 몇달 후, 나는 이모의 동네로 이사했다. 이모가 살고 있기 때문만은 아니었지만, 이모가 살고 있다는 사실이 결정에 조금도 영향을 미치지 않았느냐 하면 그것도 아니다.

서울의 중심가에서 그렇게 멀지 않은데도 어쩌다 대중교통이 끊겨 택시를 타고 귀가하면 오랫동안 택시업에 종사한 기사들조차 이런 곳이 있는 줄은 몰랐다고 말하는 이 동네는 한국전쟁 이후 서울로 모여든 가난한 사람들이 성곽 아래에 무허가 주택을 지으면서 형성되었다. 2004년 철거식 재개발 예정구역으로 지정되었으나 문화재인 성곽 보존을 위해 개발사업이 어려워지면서 점점 슬럼화되었던 이 동네는 서울시의 정책이 무분별한 개발을 지양하고 주민들의 주거환경을 개선하는 방향으로 바뀌면서 대안적 개발모델로 부상했다. 동네에 도시가스가 들어오고 하수관이 교체되기 시작한 2013년을 기점으로 주민들은 정부의 지원을 받아 지붕을 교체하고 단열공사를 해 이전보다 훨씬 나은 환경에서 공동체를 이루며 살아가기 시작했다. 개발을 기다리는 동안 방치되었던 빈집들에 예술인들이 자리를 잡기도 했다.

폭이 좁은 골목과 낮은 집들. 검은 개 두마리가 성곽 길을 따라 사이좋게 뛰어다니고, 폭우가 그치면 성곽 위로 솟은 나무들 사이에서 새들이 부산스럽게 지저귀고, 주민의 대다수를 차지하는 노인들이 평상이나 골목의 벤치에 앉아 살아온 날들처럼 길게 늘어진 하오의 볕을 하염없이 쬐는 이 동네를 나는 좋아한다.

물론 처음부터 이 동네에서의 생활에 내가 쉽게 적응한 것은 아니다. 옛 성곽이 보이는 풍경에 반하고 단독주택에 살아보고 싶다는 마음이 앞서 연고도 이모 말고는 딱히 없는, 그전까지는 단 한번도 와본 적 없는 동네로 무턱대고 이사한 것까지는 좋았다. 하지만 나는 이 동네의 밤이 내게 친숙한 도시의 소음 대신 놀랄 만큼 두꺼운 적막으로 가득

찬다는 사실을 미처 몰랐다. 이제는 익숙해졌지만 이사한 처음 며칠 밤 동안은 그 적막이, 그리고 불시에 적막을 깨고 방 안까지 흘러들어오는 이웃들의 웅성거림이나 발걸음 소리, 가래 뱉는 소리나 사람들끼리 주고받는 욕설 같은 생활소음이 무서워 잠을 설쳤다.

아주 어렸을 때를 제외하고는 어떤 형태로든 공동주택에서만 살았던 내게 이 동네에서의 생활은 여러가지 의미에서 당황스러움의 연속이었다. 이곳에서의 생활을 통해 내가 배운 것이 있다면 그것은 산다는 행위가 관념이 아니라 좀더 구체적인 것들, 물질성이랄지 육체성을 가진 것들로 이루어졌다는 사실이다. 이곳에서는 눈이 오면 허리가 아플 때까지 집 앞의 골목을 쓸어야 하고(겨울마다 서울에는 눈이 얼마나 자주 오는지!) 1년에 한번씩 정기적으로 정화조 청소업체를 직접 불러 나의 배설물 냄새를 맡아야 한다. 벽의 페인트가 벗겨지면 다시 칠해야 하고, 문고리가 고장 나거나 방충망에 구멍이 나면 임시방편으로라도 어떻게든 수리를 해야 하며, 외벽의 갈라진 틈을 타고 제법 무성히 자라는 잡초들을 때마다 내 손으로 뽑아야 한다. 주거하는 이와 관리하는 이가 분리되어 있기 때문에 거주의 공간이 아니라 경제적 가치를 지닌 재화로 인식되는 아파트와 달리, 이 동네에서 집은 삶의 공간이다. 동네에서의 하루하루는 집이든 인간이든 간에 만물이 시간과 함께 서서히 마모되는 것은 자연의 섭리이며, 육체적인 노동과 시간 그리고 정성을 쏟는 돌봄을 통해서만 우리가 모든 종류의 소멸을 가까스로 지연할 수 있을 뿐이라는 진실을 내게 알려준다. 그리고 어떤 공간이 누군가에게 특별한 장소가 된다면 그것은 다름 아니라 오감으로 각인되는 기억들의 중첩 때문이라는 사실도.

어떤 장소에 대한 기억. 경제성장에 취해 고층 건물과 아파트를 짓기에 바쁘던 시대에 태어나 인생의 대부분을 대도시만 전전하며 성장한 나의 유년 시절 기억 속에는 복잡한 골목이나 다닥다닥 붙어 있는 낡은 가옥들은 없다. 시골 풍경을 「전원일기」나 「대추나무 사랑 걸렸네」 같은 티브이 프로그램을 통해서나 엿보면서 어린 시절을 지나온 나에게 향수를 자극하는 장소는 그런 것들이 아니라, 주한

미군 부대에 인접한 아파트 단지의 주차장—경비 아저씨의 눈을 피해 아스팔트 위에 돌멩이로 금을 긋고 땅따먹기를 하거나 롤러스케이트를 타다가 넘어지곤 했다—아니면 단지 내의 놀이터 같은 곳이다. 하지만 현재 서울에 사는 사람들 중에는 좁은 골목과 비탈, 볕 좋은 날 지붕 위에서 빨래나 우거지를 말리는 집들이 있는 풍경을 유년의 장소로 기억하는 사람들도 많을 것이다. 그리고 평소에는 도시의 편리함과 쾌적함을 온몸으로 누리며 사는 그런 사람들 중 어떤 이들, 도시의 지나친 매끈함이 자신을 실향민으로 만든다고 생각하는 이들에게 옛 골목과 낡은 집으로 이루어진 우리 동네는 꽤 좋은 구경거리인 모양이다. 날씨가 좋은 날이면 사람들이 우리 동네로 놀러 와 골목 여기저기에서 사진을 찍는 것을 보면 말이다. 주민들의 말에 따르면 한때 인근 대학의 학생들이 자원봉사 활동의 일환으로 낡은 집들에 벽화를 그려주면서 동네가 조금 알려진 탓이라고 한다.

우리 동네 주민들이 가장 우려하는 것은 외부인들의 관심이 높아져 정주민들이 떠나갈 수밖에 없는 상황에 이르는 것이다. 벽화마을이라든가, 하는 이름으로 동네가 관광화 혹은 상업화되면서 결국 정주민들이 떠나게 되는 전례를 많이 보아왔기 때문이다. 그렇기 때문에 주민들은 언젠가부터 벽화를 지우고, 젠트리피케이션을 방지하기 위해 노력하고 있다. 마을 주민들의 동의 없이는 동네에서 장사할 수 없다는 규정을 정한 것도 바로 그런 이유다. 그 덕분에 우리 동네는 변하고 있지만 매우 더디게 변하고 있고, 사실 내가 이사 와 살기 시작했을 때부터 지금까지 거의 변하지 않았다. 이곳에는 이곳만의 속도와 리듬으로 이루어진 본연의 질서가 있고 주민들은 그것을 대체로 존중하며 산다.

부모를 떠나 독립적인 공간을 갖는 대부분의 이들이 그렇겠지만 나 역시 처음 나의 집이 생겼을 때 친구들을 마음껏 초대할 수 있으리라는 점 때문에 제법 설렜다. 어쩌다 외국에 가 있게 되면 친구들이 재워주는 경우가 많았기 때문에 집이 생긴 이후 나는 외국에서 친구들이 놀러 오면 나 또한 그들을 재워주고 싶었던 것이다. 나의 집에 방문한 친구들은 대부분 우리 동네와 쉽게 사랑에 빠졌고, 내가 사는 동네와 집을 좋아하는 나는 그때마다 기뻤다. 하지만 솔직히 고백하자면 지금까지 나는 한국인 친구들은 누구도 집에 초대하지 못했다. 그것은 옆집에 사는 아저씨가 골목에 쌓아놓은 시멘트 더미와 파이프, 세면대나 변기 따위의 것들 때문이다. 벽을 공유하는 탓에 아저씨의 짐들을 지나치고 난 후에야 나의 집으로 들어올 수 있는데, 친구들이 그 앞을 지나는 장면을 상상하면 나는 항상 부끄러운 마음이 들었고 어처구니없게도 내 삶의 방식이 '평가'당하면 어쩌나 하는 걱정에 사로잡혔다. 물론 그 문제를 해결할 수 있는 방법이 없는 것은 아니다. 실제로 막 이사를 왔을 때 나는 그 짐들이 대체 무엇인지 몰랐고 미관상 너무 좋지 않았기 때문에 주민센터에 바로 전화를 걸었다. 신고를 하고 나서 몇시간이 채 지나지 않아 그 짐들은 거짓말처럼 모두 사라졌다. 이웃집 아저씨는 집을 수리하는 소규모 사업을 하는 분인데, 철거작업 끝에 나온 폐기물을 매번 처분할 경제적 여력이 되지 않아 트럭 하나를 부를 수 있을 만큼 모일 때까지 집 앞에 쌓아둘 수밖에 없다는 사실을 알게 된 것은 그후의 일이다. 친구들에게 집을 보이지 못할 정도로 그것들이 싫고 지금도 신고만 하면 아저씨의 포대들과 잡동사니들이 순식간에 모두 사라질 것을 알지만, 내가 더이상 주민센터에 민원을 넣지 않는 이유는 이제는 나도 아저씨가 본인만의 리듬으로 그 모든 것들을 다 처분하는 날이 주기적으로 찾아온다는 것을 알기 때문이다. 나보다 먼저 이 동네에 살았던 이가 다른 주민들과 더불어 살면서 만들어온 질서와 생태계를 존중하며 천천히 변화를 만드는 것. 이 동네에 살기 시작한 이래 나는 그런 일들에 관심이 생겼다.

최근에 두명의 친구를 만났다. 한 친구는 집이라는 것이 재테크의 수단이라는 사실을 최근에 절실히 깨닫게 되었다는 말과 함께 나 역시도 지금처럼 사는 것을 뼈저리게 후회할 날이 오지 않겠느냐고 물었다. 또다른 친구는 25년 동안 갚아야 하는 대출을 받아 최근 아주 비싼 지역에 집을 샀다는 이야기를 하면서 30평보다는 40평에, 40평보다는 50평에 살고 싶은 것이 인간의 당연한 욕구가 아니겠느냐고 내게 물었다. 그런 이야기를 듣고 나서 마을버스조차 다니지 못하는 비좁은 비탈을 걸어 집으로 돌아올 때면 내가 모자란 인간인 것은 아닐까 하는 회의감이 밀려온다. 어쩌면. 하지만 약간의 시간이 더 지나고 나면 어차피 나란 존재는 후회가 습관인 인간이므로, 아직까지는 조금만 더 이 불편함을, 풍요롭게 흘러넘치는 고요와 시시로 찾아오는 뜻밖의 소란을, 방바닥에 누워 창밖을 내다보면 바람에 흔들리는 커다란 나무의 우듬지를, 옥상에서 맥주를 마시며 감상하는 노을의 시간을, 먼 곳의 개 짖는 소리와 담벼락 아래의 고양이 우는 소리를 사랑하고 싶다는 마음이 다시 고개를 들고 만다.

이사를 하던 날, 나의 집에 와서 책 정리를 같이 해주었던 M이모. 무슨 책이 이렇게까지 많니, 작가는 다 이러니,라고 말했던 이모. 이삿짐을 나르는 직원분들을 위해 생수를 사러 갔을 때 나와 함께 언덕을 내려가 동네 슈퍼의 위치를 알려주었던 이모. 이사 온 것을 축하한다며 두루마리 휴지를 사 가지고 놀러 와 옥상을 구경하자 말하고, 어느 날은 성곽을 따라 동대문까지 가는 길을 알려준다고 하더니 숨이 차다며 발걸음을 멈추던 이모는 더이상 이 세상에 없다. 내가 조금만 더 주의력이 깊은 사람이었다면, 나 아닌 다른 것들에 애정 어린 관심을 더 기울일 줄 아는 사람이었다면 나는 이모의 몸이 어딘가 이상하다는 것을 미리 알아챘을 것이다. 하지만 나는 불행히도 그런 사람이 되지 못했다. M이모가 떠난 이후, 나는 이모가 살던 집이 있는 골목 쪽으로는 한동안 고개를 돌리지 못했다. 집의 있음이 이모의 없음을 눈부신 처연함으로 증명하리란 것을 알고 있었기 때문이다. 내가 용기를 내어 이모가 살았던 집, 그 무엇도 허물어지지 않아 아직 그대로 있는 그 집 쪽으로 고개를 돌린 것은 그로부터 1, 2년 후의 일이다. 잊힌 줄 알았는데, 구불구불한 골목 끝의 이모 집을 보는 순간 이모와 함께 지낸 단 몇개월의 시간이, 이웃이 된 것을 축하할 겸 시장으로 생선구이를 먹으러 가자고 했으나 이모가 피곤하다고 해서 끝내 지켜지지 못했던 약속이, 이모에게 홍삼을 가져다주었더니 답례라며 건네준 자몽의 새콤한 맛 같은 것들에 대한 기억이 일제히 떠올랐다.

　　서울의 많은 장소들이 그렇듯이 언젠가는 이 동네도 흔적 없이 사라지고 세련된 건물들, 생존을 위한 요구와 필요만이 가장 편리한 방식으로 해결되는 공간들로 대체되는 날이 올까? 아마 올 것이다, 불행하게도. 바람이 있다면, 그런 날이 여름의 중앙을 통과하는 민달팽이처럼 천천히 다가오기를. 미래 쪽으로만 흐르는 시간은 어떤 기억들을 희미하게 만들어버리기도 하지만, 장소는 어김없이 우리의 기억을 붙들고 느닷없이 곁을 떠난 사랑하는 것들을 우리 앞에 번번이 데려다놓는다.

나의 이웃들

집 앞에 활짝 핀 장미에 물을 주러 나가는데, 누군가가 나를 불렀다. 소리가 나는 곳에는 50~60대로 보이는 여성이 서 있었다. 그녀는 우리 옆 골목의 집으로 이사를 왔다며 일회용 접시에 담긴 시루떡을 나에게 건넸다. "공사 때문에 시끄러웠죠?" 그녀와 몇마디 이야기를 나누고 집으로 돌아와 따끈따끈한 시루떡을 조금 잘라 먹었다. 이사 떡을 마지막으로 먹어본 것이 언제였더라? 팥고물이 포슬포슬하고 달지 않은 떡 한덩어리의 온기로 마음이 금세 따뜻해졌다. 나도 이 동네로 처음 이사 왔을 때 떡을 돌렸으면 좋았을걸. 떡을 먹는데, 쑥스러워 이사 소식을 알리지 못하고 주변 이웃들과 데면데면 지냈던 날들에 대한 후회가 일었다. 남들에게 선뜻 말을 걸지 못하는 조심스러운 성격이 이럴 땐 못내 아쉽다.

그래도 언덕 위의 동네에서 산 시간이 쌓이면서 내게도 말을 섞고 사는 이웃들이 생겼다. 나를 이 동네로 인도한 M이모를 제외하고, 나에게 가장 먼저 말을 걸어준 이웃은 같은 골목에 사는 아주머니다. 동네로 이사 오고 처음 맞이한 겨울, 첫눈이 내려 세상이 온통 하얀빛으로 가득했던 날, 나는 골목에 쌓인 눈을 쓸러 나갔다가 비질을 때려치우고 집 앞에 쭈그리고 앉아 작은 눈사람을 만들었다. "젊은 사람이 이사 오니, 그런 것도 하네." 그녀는 수건을 목도리처럼 목에 감아주고 안경까지 씌워준 나의 꼬마 눈사람을 보고 웃었다.

대화를 자주 나눈 건 아니지만 몇번 오며 가며 본 적이 있는 뒷집 노인은 몇해 전 처음 만났을 때 "새로 이사 왔나봐?" 하고 내게 말을 걸었다. "아뇨, 벌써 3년은 됐어요." 내가 대답하자 "그럼 새로 온 거지. 난 여기서 40년도 넘게 살았는데" 하고 답하시던 노인. 그러고 나서 그녀가, 당신은 여기에 남아 살고 있지만 자식들은 다 이 동네를 벗어났다고 자랑스러운 어조로 말하던 일을 나는 기억하고 있다.

　　안면을 튼 지 한참 됐는데도 결코 먼저 인사해주는 법이 없는 골목 초입의 아저씨도, 툭하면 우리 집 앞에 몰래 쓰레기와 담배꽁초를 버리고 가는 정체 모를 누군가도 있지만, 대체로는 얼굴 붉힐 일 없이 적당한 거리를 유지하며 사는 이웃들 중 나와 교류가 가장 많은 사람은 아무래도 옆집 아주머니다. 밤사이 큰 눈이 와도 늦잠을 자느라 한낮까지 눈이 온 줄도 모르는 나를 대신해 이따금씩 우리 집 앞길까지 쓸어주시기도 하는 옆집 아주머니는 어느 초여름, 장을 봐서 돌아오는 내게 말을 걸며 작은 선물을 건네셨다. "먹고플 때 언제든 따 먹어요." 아주머니가 내게 주신 건 앙증맞은 크기의 가지였다. 답례로 그해 처음 산 샛노란 참외 두알을 장바구니에서 꺼내 드린 후 집에 돌아와 귀여운 가지 두개를 송송 썰어 넣어 솥밥을 지어 먹었다. 아주머니가 기르는 가지와 호박이 열렸다가 사라지고 라일락이 피었다 지는 걸 보며 계절이 흐르는 걸 나는 여러번 목격했다. 이태 전 겨울, 우리 집 앞이 꽁꽁 얼어 얼음을 깨부수느라 고생했을 때는 부탁하지도 않았는데 아주머니가 나를 도와 얼음 위에 제설제를 뿌려주시기도 했다. 감사 인사를 전하기 위해 옆집에 갈비 세트를 사 들고 가 "혹시 돼지고기 드시나요?" 하고 물어보자 "돼지고기 안 먹는 사람도 있어?" 하며 웃어주시던 아주머니. 우리 집 외벽에 페인트를 다시 칠하기 위해선 옆집 지붕을 밟아야만 할 정도로 아주 가깝게 붙어 있기도 하지만, 내가 옆집과 교류가 많을 수밖에 없는 가장 큰 이유는 난개발로 아무렇게 형성된 우리 동네의 특성 탓에 옆집과 우리 집이 신주소상으로는 번지수가 다른 별개의 집이지만 구주소상으로는 한집으로 되어 있기 때문이다. 사정이 이렇다보니 가끔 우편물이나 배달 음식이 서로의 집으로 잘못 배송되는 경우가 생기곤 한다. 택배나 고지서가 잘못 오면 서로의 집 앞에 조용히 가져다놓으면 되지만 음식이 잘못 배달되는 경우엔 조금 더 재미있는 상황이 연출되기도 한다. 배달됐다고 뜨는데 왜 없지? 하고 집 앞에서 기웃거리다보면 어김없이 아주머니가 대문을 열고 나오시는 것이다. "오늘 그 집 짬뽕 먹어? 짬뽕 우리 대문 안에 누가 넣어놨어."

이런저런 이유로 이사한 이후, 나와 가장 가까운 이웃

은 옆집 아주머니였지만, 최근에는 E언니가 그 자리를 차지하게 됐다. 불과 몇개월 전 이사를 온 E언니가 가장 친밀한 이웃이 된 건 다른 이웃과 달리 언니는 동네에 이사 오기 전부터 알고 지낸 사이이기 때문일 것이다.

내가 E언니를 처음 알게 된 것은 벌써 십여년 전의 일이다. 프랑스에 머물던 시절 알고 지낸 수녀님이 여름휴가 차 귀국하셔서 만나러 간 자리에 언니가 있었다. 언니는 수녀가 되기 위해 프랑스로 갈 예정이었다. 그날 마주친 언니에 대한 기억은 많지 않다. 아주 짧게 스친 것뿐이니까. 아마도 나는 프랑스인으로 구성된 수녀원에서 유일한 한국인이던 수녀님이 조금 덜 외로워지시겠구나, 하고 생각하고 말았을 것이다. 그렇게 잊고 살다가 몇년의 시간이 더 흐른 후 내가 프랑스로 유학을 갔을 때 언니와 다시 만났다. 이따금씩 수녀원에 놀러 가면 이제는 둘이 된 한국인 수녀님들이 라면을 끓여주시곤 했다. 다른 프랑스인 수녀님들은 드시지 못하는 라면을 한밤중에 끓여서 수녀원의 정원 테이블에 둘러앉아 셋이서 먹었다. 라면과 함께 마시는 포도주는 달았고 그 여름밤을 나는 여전히 좋은 추억으로 간직하고 있지만, 언니와 나는 따로 연락을 주고받을 만큼 가까운 사이가 되지는 않았다.

그런 언니와 SNS를 통해 오랜만에 연락이 닿은 것은 전염병이 전세계에 퍼지고 국경이 봉쇄되어 프랑스를 방문할 수 없게 되었던 즈음의 어느 날이었다. 안부를 주고받던 끝에 언니가 수녀원에서 나왔다는 사실을 알게 되었는데, 꽤 갑작스러운 일이었으므로 나는 적잖이 놀랐다. 언니가 자신은 더이상 수녀가 아니니 '수녀님'이란 호칭 대신 '언니'라고 부르라 한 것 역시 그즈음인데, '언니'라는 말이 어색해 나는 한동안 호칭을 생략해야 했다. 수녀원에서 나온 후 프랑스의 작은 마을에서 살던 언니는 그로부터 몇달이 지나 코로나 상황이 더 심각해지면서 프랑스 생활을 정리하고 한국으로 돌아왔다. 어쩌다 한번씩 연락을 주고받는 사이에 불과했지만 언니가 귀국했다는 이야기를 처음 들었을 때는 걱정이 되었다. 수도생활을 했기에 모아놓은 돈이 없을 테고, 한국에서 50세가 넘은 여성이 새로 직장을 구해 홀로서기를 하는 것이 쉽지 않다는 걸 알고 있었기 때문이다. 아니나 다를까, SNS를 통해 멀리서 지켜보니 언니는 서울에서 집을 구하는 데 어려움을 겪는 것 같았다. 서울치고는 집세가 유달리 싼 우리 동네를 알려드려볼까 잠시 생각했지만 동네가 워낙 낙후했기 때문에 선뜻 추천하지 못하고 망설이는 사이 몇달의 시간이 더 흘렀다.

그러던 어느 날이었다. 오랜만에 안부 인사를 건네기 위해 문자메시지를 보냈는데 언니에게 산꼭대기 동네로 막 이사한 참이라는 답신이 왔다. 산꼭대기라는 말에 혹시나 하는 마음으로 "어느 지역이에요?" 하고 한번 더 메시지를 보냈다. 설거지를 마치고 확인한 답신에는 우리 동네의 이름이 적혀 있었다. 더욱 놀랄 수밖에 없던 건 같은 동네 주민이 되었으니 밥이라도 먹자며 약속 장소를 정하다가 언니의 집이 우리 집에서 3분 거리에 있다는 걸 알게 됐기 때문이다. 언니가 이사를 한 집은 우리 집 창에서도 보이는 곳이었다.

언니와 동네의 작은 식당에서 만나 같이 저녁을 먹었다. 추운 날이었고, 언니가 좋아한다는 순댓국에 소주를 곁들여 먹으며 대화를 나누던 중 나는 낡고 작은 우리 집보다 언니의 집이 더 협소해 언니가 세탁기를 들이지 못했다는 사실을 알게 됐다. 언니는 언덕 아래 빨래방을 이용한다고 했는데, 매주 세탁물을 들고 내려가기에 언덕은 너무 높았고 우리 동네엔 칼바람이 시도 때도 없이 불었다. 앞으로는 우리 집에서 빨래를 하라고 선뜻 말하게 된 건 우리 집이 빨래방보다 훨씬 가까웠고, 언니가 빨랫감을 들고 추운 겨울 언덕을 오르내리는 걸 보고 싶지 않았기 때문이었다.

그날 이후 우린 일주일에 한번씩 빨래를 매개로 만나 서로의 안부를 확인하는 사이가 되었다. 언덕 위의 집을 비우는 날이 많아진 이후엔 여벌 열쇠를 언니에게 맡겼다. 언니는 이제 내가 없는 날에는 열쇠로 문을 열고 우리 집에 들어와 빨래를 한다. 더이상 쓰이지 않는 우리 집 그릇 수납장 중 하나는 언니의 집에서 옷장이 되었다. 내가 집을 비운 사이 갑작스러운 비 예보로 집 앞에 배송된 책이 젖을까 걱정되면 나는 언니에게 우편물을 챙겨달라고 부탁하고, 한파에 수도관이 얼 것 같으면 언니는 내게 '너네 집에 가서 수돗물 좀 틀어놓을까' 하고 문자메시지를 보낸다. 우리 집에 불이 켜 있는 걸 보면 언니는 직접 담근 비트 피클이나 꼬막을 넣어 만든 김밥 같은 걸 가져다주기도 하는

데, 나는 그것들이 마감 때문에 정신없어 끼니를 대충 때울 나를 걱정하는 마음의 표현이라는 걸 안다. 언니가 집들이를 하자고 해서 와인을 한병 사 들고 언니의 집에 놀러 간 적이 있다. 중고가구들, 성모상과 양초, 아름다운 패브릭과 그림들로 꾸며진 집은 어여쁘고 작은 성소처럼 보였다.

며칠 전엔 책상 앞에 앉으려다 클로버들이 담긴 투명하고 작은 물병이 놓인 걸 발견했고, 나는 그것이 간밤에 빨래를 하고 다녀간 언니의 선물이란 걸 알아차렸다. '언니, 클로버 갖다놨네. 이거 심는 거예요?' 하고 메시지로 물으니 언니는 '뿌리가 조금 더 돋으면 심어봐'라는 말과 함께 '잘 키우시게. 행운 열리면 나도 줘'라고 답을 보내왔다. 글을 쓰다가 싱그러운 초록빛 잎들에 눈길이 멎으면 '이웃'이라는 단어가 자연스럽게 떠올랐다. 줄기 끝에 매달린 클로버 잎을 닮은 두개의 동그라미가 돋아나 있는 단어, 이웃. 가족도 친구도 아니지만 적당히 가까운 거리에서 동그랗게 이어져 있는 사이.

우리 집 창가에 서면 언니 집의 작은 창이 보인다. 밤이 되면 창문엔 불빛이 환하고 그걸 보면서 나는 언니가 오늘도 일을 마치고 무사히 돌아와 있다는 사실에 안심한다. 언니의 창문을 보며, 하나둘씩 빛이 차오르는 이웃들의 창문을 보며, 사람들을 만나고 헤어지게 하는 놀랍고도 신비로운 힘에 대해서 이따금씩 생각을 해본다. 나는 여전히 이 세상의 많은 비밀들에 대해 알지 못하지만, 아무리 계획을 세우고 통제하려 한들 삶에는 수많은 구멍들이 뚫려 있다는 것을 안다. 그 틈을 채우는 일은 우리의 몫이 아닐 것이다. 그런 일은 불가능하다. 우리는 모서리와 모서리가 만나는 자리마다 놓인 뜻밖의 행운과 불행, 만남과 이별 사이를 그저 묵묵히 걸어나간다. 서로 안의 고독과 연약함을 가만히 응시하고 보듬으면서.

여름 식탁 단상

비가 내리고 있다. 여름비가 내리는 소리를 들으며 뒤라스를 읽던 여름을 기억한다. 눈부신 어느 날, 불탄 책 한 권을 발견한 소년. 교육을 제대로 받은 적이 없고 글을 읽을 줄도 모르면서, 소년은 책을 읽어나가며 인생이란 헛되고 헛될 뿐이라는 삶의 비밀을 깨닫고 어른이 되어버린다. 파괴와 결별을 겪으며 어른이 되기 전 아직 모든 것이 완벽했던 유년 시절의 한순간을 그리는 이야기. 뒤라스의 글을 읽고 번역하던 날들의 여름은 아름답고, 덧없는 계절이었다.

올여름은 나에게 어떤 기억으로 남을까? 더위에 약

한 나는 여름을 그다지 좋아하지 않지만 여름은 언제나 강렬한 감각으로 기억되는 계절이다. 찬란한 색깔들, 팽창하는 냄새들. 여름엔 길거리에 자리를 잡고 앉아 토마토나 자두 같은 것들을 파는 노파 앞을 그냥 지나칠 수가 없다. 뙤약볕 아래 앉아 있는 그녀의 건강이 염려되는 탓도 있지만 짧은 대화를 나누며 여름의 햇살을 품은, 향기로운 열매들을 사 먹는 일이 그 자체로 내게 여름의 소소한 기쁨인 까닭이다.

여름이 되면 생각나는 음식은 간장비빔국수와 김치말이국수다. 할머니가 즐겨 해주던 그런 국수들의 정확한 레시피는 알 수가 없다. 소면을 삶아 찬물에 헹궈 식힌 후 약간의 채소를 고명으로 얹고 간장과 참기름으로 양념을 하거나 김치 국물을 적당량 넣고 물을 넣어 간을 맞추기만 하면 되는 것처럼 할머니는 쉽게 말했지만, 아무리 흉내를 내봐도 할머니가 해주던 맛을 재현하는 일에 나는 번번이 실패한다.

한여름의 식탁을 머릿속에 그려보면 떠오르는 이런 풍경들. 창문을 활짝 열어놓은 부엌, 매미 소리, 고소하고 짭짤했던 간장비빔국수와 차갑고 새콤했던 김치말이국수, 찬물에 밥을 말아 먹을 때 할머니가 늘 곁들여 먹게 하던 풋고추와 오이지, 호박잎쌈과 양배추쌈, 찐 옥수수, 그리고 오이소박이. 오이의 색이 연하고 가시가 돋아 있는 부분을 특히 좋아하는 나를 위해 할머니는 그런 부위만 일부러 골라 담은 그릇을 내 앞에 놓아주곤 했다.

할머니가 나를 키우며 거둬 먹인 것들은 아주 많았다. 그 탓인지 나의 식성은 할머니와 많이 닮았다. 예를 들면 냉면에 대한 사랑 같은 것. 지금은 평양냉면이 대중적으로 유행하지만 그러기 아주 오래전부터 나는 평양냉면을 사랑했는데, 그건 아마도 이북 출신 할머니가 냉면을 유달리 좋아했기 때문일 것이다. 몇달 전 어느 날, 평양냉면을 먹으러 갔다고 하자 친구가 평양냉면의 모든 것을 다룬 책이 있다며 내게 메시지를 보내왔다. 평양냉면이 유행을 하고 많은 사람들이 즐겨 먹게 되면서 그것을 파는 식당들이 서울 곳곳에 생겨난 건 좋지만, 할머니와 즐겨 가던 단골 냉면 가게의 음식 가격이 점점 인상되고, 여름마다 터무니없이 긴 줄을 서야 하는 건 조금 씁쓸하다.

점점 더워지고 불을 가까이하는 일이 고역이 될수록 최소한으로 가열해서 먹을 수 있는 음식들을 찾아 먹게 될 것이다. 내가 먹고 음식을 만드는 일을 귀찮아하는가 하면 그러지는 않는다. 하지만 나는 누군가를 초대해 대접할 정도로 근사한 요리를 하는 걸 매우 싫어하는데, 그건 우선 그럴듯한 음식을 만들어내는 재주가 없고, 레시피를 따라 조리하는 순서를 지키거나 계량하는 일이 거의 없기 때문이다. 요리를 할 때 나는 무척 즉흥적인 사람이 된다. 완벽한 요리를 해내기보다는 혼자서 식재료를 다듬고 맛을 상상하며 이것저것을 시도하는 게 좋다. 나는 여행을 가면 어느 나라에서든 식료품점과 시장에 들르고, 낯선 향신료나 소스를 사는 걸 즐긴다. 여러 대륙에서 사 온 그것들을 잔뜩 쌓아놓고 내 나름의 방식대로 조합하는 것이 즐겁다. 한마디로 말하자면, 요리에 대한 내 태도는 자유분방함에 가깝다. 나는 내 부엌이 축제의 장이자 이완의 공간이 되길 소망하지 과학실험실이 되길 원하지는 않는다. 내게는 음식을 먹는 행위가 삶의 크나큰 기쁨인 까닭에. 경계도 질서도 강박도 없는 장소, 그곳이 나의 부엌이다.

나는 사람들에게 음식을 만들어 대접하는 사람이 못 되지만, 내 주변에는 누군가에게 음식을 만들어주는 걸 즐기는 사람들이 많다. 유학 시절엔 끊임없이 밥을 해주었던 프랑스의 S가 내게 그런 사람이었고, 최근엔 이웃인 E언니가 그런 사람이다. 언덕 위의 집에 살기 시작한 이래 누군가를 집에 초대해 식사를 대접한 적이 단 한번도 없던 나와 달리 언니는 동네 주민이 된 지 1년도 채 되지 않는 시간 동안 아주 많은 사람을 그 작디작은 집에 초대해 밥을 해 먹였다. 초대한 사람들의 수를 들을 때면 나는 깜짝 놀라 되묻곤 했다.

"그 많은 사람이 그 집에 다 들어갔어요?"

그러면 언니는 당연한 걸 왜 묻느냐는 듯한 표정으로 말했다.

"당연하지."

얼마 전엔 언니가 며칠간 직장 연수를 간 사이 언니의 반려견인 뚈이를 봐준 답례로 나를 저녁식사에 초대했다. 비 예보가 있었지만 한방울도 떨어지지 않아 무척 무더운 날이었다. 우리는 에어컨이 없는 언니 집 거실 겸 다이닝룸에 앉아 집 안에 있는 모든 창문은 물론 현관문까지 열어놓고 함께 밥을 먹었다. 여름의 식탁엔 얼음을 가득 채운 투명한 잔과 맥주가 놓였고, 언니가 매달아놓은 붉은 체크무늬 커튼이 선풍기 바람에 흔들릴 때마다 창 너머로 짙은 초록의 나무들이 보였다. 미대 출신답게 제각각 크기가 다른 그림과 아름다운 패브릭, 작은 화분에 담긴 식물들로 꾸민 언니의 집은 처음 놀러 왔을 때보다 더 알록달록하고 아기자기해져 있었다.

식사를 하던 도중 "나는 부자가 되긴 글렀어요"라는 말을 내가 꺼낸 건 무슨 이야기를 하던 끝이었을까? 그즈음 만난 친구들은 한명도 빠짐없이 '돈을 더 많이 벌어야 하는데 걱정이다'라거나 '돈이 없으면 큰일이다' '나만 돈을 못 버는 것 같다' 같은 말을 했고, 내가 E언니에게 느닷없이 그런 말을 한 걸 보면 반복적으로 들은 말들로 인해 친구들의 근심이 그들보다 경제적으로 더 불안정한 직업을 갖고 있는 내게 전염된 모양이었다.

"넌 지금도 가난하진 않잖아."

E언니가 말했다.

"그렇죠. 가난한 건 절대 아니지."

언니의 말을 듣는데 조금 부끄러워졌다. 비록 부자는 아니지만 나 자신이 가난하다고 말할 수는 없었다. 하지만 세속적 기준으로 판단하면 E언니는 틀림없이 가난한 사람이었다. 그런데 정말 언니는 가난한가? 쉬지 않고 먹을 것을 내오고, 언니를 찾아갈 때마다 화분이며, 선물로 받은 향기로운 비누 같은 걸 반드시 들려 보내는 언니가? 매 순간 자신의 손익을 계산하고, 아무리 많이 가져도 더 많은 걸 원하게 되는 이 세상에서 끊임없이 타인에게 자신의 것을 나눠줄 줄 아는 언니는 결코 가난하지 않다.

얼음이 녹아 맥주는 금세 싱거워졌다. 싱거워진 맥주를 마시는 동안 열어놓은 창문을 넘어 파리 한마리가 집으로 들어왔다. 아직 어려 호기심도 에너지도 넘치는 똘이가 파리를 사냥하겠다고 펄쩍펄쩍 뛰어 우리는 웃었다. 파리를 창밖으로 쫓으며 언니가 말했다.

"그런데 하나를 내쫓으면 떼를 지어 다시 몰려온다던데. 성경에 그런 말씀이 있거든."

하나를 내쫓으면 떼를 지어 다시 몰려온다니. 그것은 불안에 대한 은유일까, 유혹에 대한 은유일까?

언니가 만두를 쪄 오더니 그다음엔 또 구워 왔고, 음식 냄새를 맡은 똘이가 식탁 주변을 서성이며 낑낑댔다. 똘이가 먹고 싶어하면 뭐든 주고 마는 언니에게 강아지에겐 간이 된 음식을 결코 줘서는 안 된다고 잔소리를 했다.

"그렇지? 나는 아이를 키웠으면 망쳤을 것 같아. 단호하질 못해서."

언니는 일 때문에 생긴 무릎의 통증에 대해서, 프랑스 수녀원에 있던 시절에 대해서, 새로 알게 된 이웃들에 대해서 이야기를 이어갔다. 언니는 언덕 위로 이사 온 이래 이 동네에서만 60년 가까이 산 터줏대감 할머니와 줄곧 갈등을 겪고 있었는데, 언니의 뒷집에 사는 할머니가 자기 집 앞이 더러워지는 것이 싫다는 이유로 매일 언니네 집 앞 골목에 쓰레기를 버리고 가기 때문이다.

"60년 동안 계속 그래왔으니 나더러 참으라는 거야."

"아니, 대체 사람들이 왜 그러는 거예요?"

나는 분개했다.

"사람들과의 관계가 제일 어려운 것 같아."

식사를 마친 후, 전날이 언니의 생일이었다는 걸 우연히 알게 되어 내가 사 간 작은 케이크에 초를 꽂고 노래를 불렀다. 내가 불러줘야 했는데 언니가 따라 불러 멋쩍지도 외롭지도 않았다. 언니가 소원을 빌었고, 나는 휴대전화를 꺼내 촛불을 부는 언니와 똘이의 사진을 찍었다.

"사는 건 자기 집을 찾는 여정 같아."

언니가 그렇게 말한 건 케이크를 먹던 중이었다.

"타인의 말이나 시선에 휘둘리지 않고, 나 자신과 평화롭게 있을 수 있는 상태를 찾아가는 여정 말이야."

그 말이 내 마음을 움직였다. 미술을 전공한 후 말도 통하지 않는 나라에 수녀가 되겠다고 갔다가 10년 만에 다시 한국에 돌아와 육체노동을 하며 살고 있는 언니도, 글을 쓰고 읽으며 나누는 게 삶의 대부분인 나도, 방식은 다르지만 같은 목적지를 향해 묵묵히 걷는 여행자들처럼 느껴졌다.

초밥을 먹고 언니가 구워준 곱창과 만두, 자두와 케이크까지 다 먹은 후 집으로 돌아가기 위해 밖으로 나섰을 때, 골목엔 이미 밤이 찾아와 있었다.

"산책 잘하고 와."

나는 쭈그리고 앉아 산책을 나서는 뚤이에게 인사를 건넸다. 아주 가까운 곳에, 내가 켜두고 나온 형광등 불빛이 환하게 빛나는 것이 보였다. 동네는 고요했고 대기엔 습기가 가득 차 있었다. 여름밤이었다.

곧이라도 비가 쏟아질 것 같던 그날 밤 집으로 돌아가는 길, 나는 언니가 한 말을 가만히 곱씹었다. 인생이 집을 찾는 여정 같다던 말. 우리의 집은 어디일까? 언젠가는 그 집에 도달할 수 있을 것이다. 내 것이 아닌 욕망과 거짓된 마음으로부터 자유로운 '나의 집'에. 그곳을 이정표 삼아 걷는다. 아무리 쫓아내봤자 다시 떼를 지어 찾아오는 불안과 유혹에 눈이 가려져 몇번이나 방향을 잃고 헤매게 될지라도. 먼 나라에 살았다는 어떤 왕의 말처럼 인생이 결국엔 헛되고 헛된 것에 불과할지라도.

마당 없는 집

여름의 잎들이 무성하게 자랐다. 놀라울 정도로 무성하게. 생명이란 폭발하는 힘의 응축일 뿐이라는 듯이. 옥상에 놓인 화분 속 휘어진 가지엔 색색의 대추토마토가 열려 있다. 초록의 잎 사이로 크리스마스트리의 전구알처럼 다채로운 빛깔을 품고 있는 토마토. 바질은 키가 솟았고 민트는 잎들이 풍성해졌다. 잘만 키우면 1년 내내 열매를 볼 수 있다던 사계딸기의 잎은 짙은 초록색이다. 올봄엔 새빨간 딸기 몇알을 수확할 수 있었다. 올해는 어쩐 일로 까치들에게 딸기를 모두 빼앗기지는 않았다고 좋아했는데, 무척 어여쁘고 탐스러운 모양과 달리 딸기 맛은 시었다. 까치들은 어떻게 맛을 보지도 않고 미리 알았던 걸까?

현관 앞에 내어놓은 장미 화분을 제외하면 내가 올해 심은 모종 중 살아남은 식물은 이것들뿐이다. 봄에 심은 작약 모종은 살아남지 못했다. 잘 키우고픈 마음에 물을 틈틈이 너무 많이 준 탓이라고 했다. 작약을 심었던 화분을 정리한 후 흙만 담긴 그것을 옥상에 두었는데, 어느 날 보니 알 수 없는 초록의 잎들이 화분에 새롭게 돋아나 있었다.

언덕 위의 아주 작은 단독주택에 살기 시작한 이래, 그 사실을 처음 알게 된 사람들은 단 한명도 빠짐없이 집에 마당이 있느냐고 물었다. 그런 질문을 받을 때면 나는 아쉬움을 가득 담아 대답하곤 했다.

"아니, 마당은 없어요."

마당이 있었다면 얼마나 좋았을까 싶지만, 언덕 위의 집에 산 햇수가 쌓이면서 사실 나는 마당이 있다 한들 그 마당을 충분히 누릴 수 없는 사람이라는 걸 알아버렸다. 내 게으름 때문에. 어느 해엔 상추와 깻잎을 키워 따 먹고, 어느 해엔 장미와 라벤더가 만발한 걸 보기도 했지만 일상에 쫓기는 사이 옥상의 화분들은 여러 계절 방치될 수밖에 없었다. 그러던 어느 날, 모든 식물들이 다 죽어버려 황폐해진 풍경을 목격하게 될 거란 각오를 하고 옥상에 올라갔을 때 나는 화분마다 가득한 초록을 발견하고 놀라지 않을 수 없었다. 연둣빛 강아지풀과 새하얀 달맞이꽃. 화분의 흙을 뒤덮은, 크기와 모양이 다른 그 초록 잎들은 대체 무엇이었을까. 내가 방치해둔 사이 나 몰래 내 화분에 씨앗을 심은 것은 바람이었을 것이다. 바람은 밤의 요정처럼, 성스러운 밤 선물을 머리맡에 놓아주고 간다는 먼 곳의 노인처럼 한밤중에 찾아와 씨앗을 흩뿌려놓았을 것이다.

전혀 조화롭지 않고, 무질서하게 자란 그 식물들을 나는 오래도록 그대로 두었다. 아무도 돌보지 않은 땅에 스스로 뿌리를 내리고 싹을 틔운 생명을 함부로 죽일 수는 없었다. 식물들은 내가 돌보지 않아도 제각각 키를 키우고 꽃을 피우다가 가을이면 서서히 메말라갔고, 겨울엔 눈에 덮였다. 그러고 나면 다시 봄이 왔고, 자연의 이치대로 모든 순환이 다시 시작됐다. 얼마 전, 정원 일을 사랑한 독일 작가의 글을 읽다가 다음과 같은 구절을 만났다.

가끔은 씨를 뿌리고 수확을 하는 문제에서, 지상의 온
갖 피조물 중 단지 우리 인간만이 사물의 이런 순환을
비난하며, 모든 사물의 순환이라는 불멸성을 넘어, 우
리에게 개인적이고 고유한, 특별한 불멸성을 가지려
한다는 것이 얼마나 특이한가 하는 생각이 잠시 들기
도 한다.

　　　　　　　　　　　　　—헤르만 헤세『헤르만 헤세의 문장들』,
　　　　　　　　　　홍성광 엮고 옮김, 마음산책 2022, 57~58면.

　그건 지난 계절 야생의 꽃과 풀이 자라고 소멸하는 걸
지켜보는 동안 내 마음에 떠올랐던 생각이었다. 그렇다고
"개인적이고 고유한, 특별한 불멸성"을 추구하는 인간의 한
계를 극복한 건 아니지만.

　올봄에는 큰마음을 먹고 다시 모종을 심고 흙에 거름
을 주었다. 내가 심은 모종은 작약과 장미, 몇종류의 허브
와 딸기, 대추토마토가 전부지만 나의 화분에는 내가 심은
것들보다 더 많은 식물들이 자란다. 누군가는 잡초라 뽑아

야 한다고 하겠지만, 그래서 일부는 솎아내기도 하지만, 나는 대부분을 그냥 두었다. 내가 수확을 목적으로 하는 농부라면 당연히 베어야겠지만, 식물을 키우는 일이 나에게는 어떤 목적을 위한 행위가 아니니까. 생의 의지를 가지고 태어난 각각의 것들이 자라나면 자라나는 대로 그냥 두고 보는 것. 이것이 게으른 나에게 가장 잘 어울리는 원예 방식이다.

우리 집에는 마당이 없지만 가까이에 산이 있고, 누구도 허락해주지 않았고 소유권도 당연히 내게 없지만 나는 그곳을 나의 정원으로 남몰래 생각하며 은밀히 즐거워하고 있다. 우리 집 창을 통해 예전엔 '진짜' 산이었지만 이제는 공원이 되어 시에서 가꾸는 산의 자락이 보이는데, 산의 나무와 꽃들은 계절마다 각자의 속도대로 부풀어오르고 색조를 달리한다. 여름이 깊어지면 창밖을 내다보느라 글을 쓰지 못하는 날이 많아진다. 책상에 앉아 유리창 쪽을 바라보면 산자락의 느티나무 우듬지가 보이고, 바람이 불면 커다란 물결이 되어 흔들린다. 초록의 물결이라고 나는 쓰고 있지만, 이런 표현은 사실 온당하지 않다. 그것은 하나의 균질한 색의 덩어리가 아니기 때문에.

　　나는 녹색의 물결을 몇시간이고 질리지 않은 채 바라볼 수 있지만 움직임이 심상치 않아지면 운동화를 꿰어 신고 나가야 한다. 나뭇잎들이 바람에 부딪히며 만드는 소리를 듣기 위해. 나는 나의 늙은 개와 나무들 아래에 오래도록 서서 무성한 연둣빛과 진초록의 잎이 매달린 가지들이 이리저리 흔들리고 서로 부딪치며 만들어내는 소리를 듣곤 했다. 그 소리는 파도가 밀려온 소리와 꼭 닮아서, 듣고 있노라면 아주 먼 곳으로 떠밀려가는 듯한 황홀한 착각이 들었다.

　　창밖에서 바라보는 산은 꽃이 피면 꽃이 피는 대로, 비가 오고 눈이 오면 비가 오고 눈이 오는 대로 아름답다. 하지만 가장 찬란한 건 창으로 바라보는 늦가을의 산. 가을이 되면 느티나무의 짙은 초록 잎들이 조금씩 바래지고 황금빛이 되다가 천천히 붉어진다. 계절의 밤이 찾아오기 전, 석양에 물드는 나무들처럼. 붉어지는 것은 느티나무만이 아니다. 팥배나무의 열매들은 탐스러운 진홍빛으로 익어가고, 화살나무 잎도 짙은 다홍으로 번져간다. 지난가을,

외출했다가 집으로 돌아오는 길이었다. 바람이 불어와 나무들을 잡아 흔들고 낙엽이 떨어져내렸다. 그 많은 낙엽은 곧장 바닥으로 떨어질 듯하다가 솟구쳐올랐고 다시 원을 그리면서 춤을 추듯 허공을 맴돌았다. 마치 죽음의 군무를 추는 새떼처럼. 쓸쓸하고 찬란한 피날레를 장식하는 꽃가루처럼. 나는 살면서 낙엽이 떨어지는 것을 수없이 보았지만 그날처럼 가슴이 벅차오를 만큼 아름다운 풍경을 본 적은 한번도 없었다.

내 책장에는 자신의 정원을 사랑한 작가들에 관한 책이 몇권 있다. 잉글랜드 서식스에 위치한 몽크스 하우스의 정원에 대해 캐럴라인 줍이 쓴 『버지니아 울프의 정원: 몽크스 하우스의 정원 이야기』메이 옮김, 봄날의책 2020와 애머스트에 있는 디킨슨의 정원을 다룬 마타 맥다월의 『에밀리 디킨슨, 시인의 정원』박혜란 옮김, 시금치 2021이 그것들이다. 작가들에게 예술적 영감의 원천이자 휴식의 공간이었던 정원을 다룬 이 책들을 읽으며 팬지와 작약이 꽃을 피우고 제왕나비들이 춤추듯 날아다녔을 디킨슨의 정원과, 캄파눌

라와 달리아가 만발하고 사과와 자두, 무화과가 주렁주렁 열리는 울프의 정원을 머릿속에 떠올릴 때마다 '정원'이라 부를 수 있는 마당이 있는 집을 갖고 싶다는 나의 비밀스러운 소망은 더욱 커졌다. 마당이 있는 집을 오래전부터 갖고 싶어한 까닭에 누군가가 내게 집에 마당이 있느냐고 물을 때마다 아쉬움을 가득 담아 대답하곤 했던 말.

　"아니, 마당은 없어요."

　하지만 내겐 정말 마당이 없을까? 마당을 '갖는다'는 건 무슨 의미일까? 어쩌면 나는 내게 마당이 있다고 대답해야 했는지도 모르겠다. 그 마당은 나의 것이며 동시에 동네 특성상 마당을 갖지 못하는 나의 이웃들의 것이며 산책객들의 것이자, 무엇보다 자연의 것. 단독주택에서 지내면 지낼수록 나는 주택을 관리하기에 여러모로 무능하고 정원을 가꾸는 데는 더욱 재능이 없다는 사실을 거듭 깨닫는다. 나는 여전히 바닷가나 시골 어딘가, 정원과 벽난로가 있는 아름다운 집에 사는 삶을 꿈꾸지만 그것을 실현하는 날은 영영 오지 않을지도 모른다는 예감이 든다. 하지만 그런 예감을 나는 그저 있는 그대로 받아들인다. 어떤 아름다움은 소유될 수 없는 것이니까. 어떤 아름다움은 소유하지 않아 존재하는 것이니까.

> 놀이도 순진무구함도 필요하고
> 꽃들도 흐드러지게 피어야지
> 그렇지 않으면 세상은 우리에게 너무 작을지 몰라
> 그리고 사는 낙도 없겠지.
>
> —헤르만 헤세, 위의 책 51면.

비가 오고 있다. 대기 중엔 습기. 젖은 풀 냄새. 그리움을 불러일으키는 빗소리. 시든 장미 꽃송이들을 잘라주었더니 핑크색과 크림색의 작은 꽃봉오리들이 다시 맺혔다. 밤사이 큰 비가 내리고 나면 새로운 날엔 새로운 꽃봉오리가 활짝 피어 있겠지. 그건 또 얼마나 놀라운 아름다움일지. 세상은 우리에게 너무 크고, 세상의 아름다움을 담기에 내 글은 언제나 형편없이 느리다. 나는 매번 가까스로 헐떡이며 그 뒤를 쫓아갈 뿐.

무용無用의 아름다움

영화 「사운드 오브 뮤직」에는 어린 시절의 내가 좋아할 만한 요소들이 정말 많이 있었지만 그중에서도 나는 천둥소리가 무서워 방에 찾아온 트랩 집안의 아이들에게 가정교사인 마리아 수녀가 「My Favorite Things」라는 노래를 불러주던 장면을 특히 좋아했다. 영화 속에서 아이들은 마음이 슬프고 괴로울 때 좋아하는 것들에 대해 생각하다보면 기분이 다시 좋아진다는 마리아 수녀의 말에 따라 좋아하는 것들을 하나씩 떠올리며 두려움을 잊는다. 노래 가사에서 나열되는 좋아하는 것들이란 장미에 맺힌 빗방울과 아기 고양이들의 수염, 빛나는 구리 주전자와 따뜻한 양털 장갑, 끈으로 묶은 갈색 종이 꾸러미처럼 사소해 다른 이들의 눈엔 쓸데없어 보이는 것들이다. 영화를 본 이후 그런 식으로 좋아하는 것들을 가만히 떠올려보는 건, 혼자 있는 시간이 유난히 많았던 어린 시절의 내게도 슬픔이나 불안을 견디는 하나의 방법이 되었다. 헝겊으로 만든 사물과 튤립, 강아지의 새까만 발바닥, 책장 사이에 말린 꽃잎, 다크초콜릿, 뭉게구름, 해 진 직후의 초여름 하늘, 크리스마스트리 장식들과 투명하고 곡선이 아름다운 유리병…

내가 좋아하는 것들의 목록은 어린 시절에도, 지금도 끝이 없지만 그중 유리병에 대한 특별한 애호가 시작된 게 정확히 언제인지는 잘 모르겠다. 하지만 나는 기억나지 않는 아주 오래전부터, 유리병에 든 것이라면 향수나 화장품처럼 누구든지 매혹을 느낄 만한 사물들뿐 아니라 잼이나 음료수, 심지어 소금 같은 것마저도 쉽게 지나치질 못하는 사람이었다. 사정이 이러하다보니 나는 다 쓰고 난 유리병을 잘 버리지도 못한다. 음료수 병이나 와인 병은 잘 씻어 말린 후 꽃을 꽂아두기도 하고, 파스타 소스나 고추장이 들었던 병 안에는 콩이나 흑미, 퀴노아 같은 곡식을 담아두기도 한다. 플라스틱 병 안에 담겨 있을 땐 시시해 보이던 것들도 유리병 안에선 어째서 근사해 보일까? 유리병은 그 자체로도 어여쁘지만 햇빛을 받으면 더욱 아름다워진다. 유리병이 아름다운 것은 섬세하고 연약한 물성을 지녔으면서도 그렇지 않은 것처럼 견고한 표정을 짓기 때문이다. 그것은 구겨졌다 펴지는 대신 차라리 산산이 부서지는 성질을 지녔고, 차갑고 매끄러운 표면을 가지고 있다는 점에서 도도하고 관능적이다. 참기름이나 후추처럼 일상적인 식재료를 품은 병들조차 찬장 구석에 박혀 있을지언정 빛을 받는 순간 언제고 보석처럼 영롱히 반짝일 만반의 준비를 하고 있다. 무겁고 쉽게 깨진다는 점에서 플라스틱 용기보다 실용성은 뒤지지만, 유리병들을 바라보고 있으면 '나는 용기지만 그것이 나의 전부는 아니야'라는 비밀스러운 속삭임이 들려오는 것만 같다.

내용물을 다 비우고도 버릴 수 없어 갖고 있는 병들이 대부분이지만 내 부엌 찬장 속에는 안에 품고 있는 것들의 색감과 유리 질감의 조화가 아름다워 그 내용물에 손을 댈 엄두조차 내지 못한 채 간직만 하고 있는 병들도 여럿 있다. 그중 키가 작고 바닥면이 타원형인 유리병 속에는 얼그레이 차를 우려 만든 딸기잼이 들어 있고, 밑면이 정팔각형으로 이루어진 높고 좁은 병에는 자두잼이 있다. 상하기 전에 뚜껑을 열고 먹어야 한다는 걸 알면서도 쉽게 개봉하지 못하는 건, 품고 있는 내용물로 인해 고운 색감이 덧입혀진 유리병을 보며 얻는 시각적인 만족과 병 안에 고여 있을 맛과 향을 상상하는 즐거움이 그것을 훼손해가며 실제로 맛을 보았을 때 얻게 될 기쁨보다 더 크다는 걸 알기 때문이다.

단단히 밀봉된 병을 꺼내 루비처럼 짙은 붉은빛을 들여다본다. 그러면 얼그레이와 어우러진 딸기의 달콤한 향은 상상 속에서 점점 더 짙게 퍼져나가고, 나는 어느새 여행지에서 잼을 사고 홍차를 마셨던 날로 되돌아간다. 자두잼 병을 보면 나의 프랑스 할머니와 함께 과육을 으깨고 설탕을 졸이던 여름날의 기억들이 떠오른다. 이제는 다시 돌아갈 수 없게 된 그 시간들이. 이밖에도 잼들을 담은 병들을 몇개 더 간직하고 있지만, 내가 가장 아껴 열기를 망설이는 것들은 대부분 꿀을 담은 병들이다. 친구들에게 선물받은 라벤더 꿀과 로즈마리 꿀이나 먼 나라에 갔을 때 사 온 야생 산딸기 꿀과 그리스 타임 꿀 같은 것들. 유리병 안에서 저마다 다른 형태와 빛깔로 녹진하고 달콤한 꿀들은 볼 때마다 사랑스럽고, 작은 병 안에 응축된 꽃다발처럼 풍성한 향기와 벌들이 날아다녔을 미지의 풍경을 마음속에 그려보는 일은 즐겁다.

　내가 꿀에 관심을 갖게 된 건 프랑스에서 공부하던 시절의 일이다. 지금도 그렇지만 그 시절엔 우울하고 외롭다는 생각이 들 때면 동네 산책을 오래오래 했다. 그러다 어느 날 내가 살던 집의 뒷골목에서 작은 벌꿀 상점 하나를 발견하게 됐다. 1921년부터 벌꿀을 생산하기 시작했다고 간판에 적혀 있던 그 상점에선 정말 오로지 벌꿀만을 팔았다. 벌꿀만 파는 상점이라니. 그전까지 나는 그런 가게를 본 적이 없었다. 그때까지 내가 아는 꿀이란 슈퍼에서 흔히 볼 수 있던, 플라스틱 병에 담긴 아카시아 꿀이나 사양 꿀 같은 것이 전부였으니까. 하지만 그 가게엔 각기 다른 꽃에서 채집한 벌꿀들이 앙증맞은 유리병 속에 담겨 진열되어 있었다. 그곳을 발견한 이후 나는 산책을 마치고 집으로 되돌아가는 길에 언제나 그 벌꿀 가게에 들러 긴 시간 동안 구경을 하곤 했다. 나의 산책이 언제나 그 상점에서 끝난 것은 그곳이 반짝반짝하고 달콤한, 그러니까 나에게 행복에 가까운 느낌을 주는 것들로 가득한 가게였기 때문인 것 같다.

　　나는 그곳을 드나들기 시작하고 그리 오래되지 않아 채집한 꽃의 종류에 따라 꿀들이 조금씩 다른 뉘앙스를 가지고 있다는 걸 알게 됐다. 어떤 꿀은 청명한 날의 달처럼 속이 비칠 듯 환한 금빛이고 어떤 꿀은 커스터드크림처럼 묵직하고 불투명한 연노란빛을 띠었다. '꿀'이라는 이름으로 묶어 부르지만 모두 다 같은 것이 아니란 걸 알게 된 이후 나는 각각의 꿀이 어떤 맛을 품고 있을지 너무 궁금해졌다. 꿀을 구경하는 동안 내 머릿속을 떠다니던 상념들. 시칠리아의 레몬나무에서 채집한 꿀이라니, 대체 어떤 맛일까? 햇살을 충분히 받은 시칠리아의 레몬꽃과 비가 자주 오는 브르타뉴의 야생꽃에서 채집한 꿀은 점도나 무늬부터가 다를 테지. 마음이 들뜬 날엔 브르타뉴의 꿀을, 우울해 한없이 가라앉는 날엔 시칠리아에서 온 꿀을 한 숟가락 먹고 싶다. 마음엔 햇살도 비도 필요한 법이니까.

복숭아꽃 꿀과 체리꽃의 꿀에선 각각 어떤 향기가 나는지 너무 궁금했지만 나는 상점에 들를 때마다 한참 동안 구경만 할 뿐 사지는 못했다. 슈퍼에 가면 훨씬 더 저렴한 꿀이 있는데 포장 용기가 예쁘고 맛이 조금 다르다고 몇배나 되는 돈을 지불하는 건 유학생에게는 사치라고 생각했기 때문이었다. 어느 날엔 벌꿀 상점의 주인이 구경만 하는 내가 딱해 보였는지 맛을 보라며 다양한 꿀을 찍은 크래커 조각들을 건네기도 했다. 정말 아주 미묘하게 다르던 꿀의 맛과 식감. 그러다 딱 한번, 언제였던가, 큰마음을 먹고 오렌지꽃에서 채집했다는 꿀, 매끄럽고 아름다운 병에 든 그 꿀을 하나 사서 세상에서 제일 소중한 것을 품듯 들고 집으로 돌아온 적이 있다. 벌꿀을 사서 엘리베이터도 올라가지 않던 나의 작은 다락방으로 향하는 길엔, 왜 그렇게 행복했을까?

언덕 위의 집에서 살기 시작하고 몇년 후, 동네를 산책하다가 발견한 작은 꿀 전문 상점이 반가웠던 것은 아마도 그 추억 때문이었을 것이다. 한쪽엔 꿀을 진열한 매대가 있었고 다른 쪽엔 꿀로 만든 음료와 디저트 등을 먹고 마실 수 있는 테이블이 몇개 놓인 조그만 가게였다. 프랑스에서 내가 즐겨 가던 벌꿀 상점처럼 수십가지 종류의 꿀들을 파는 가게는 아니었고 유리병에 담아 파는 거라곤 농민들만 제한적으로 출입이 가능한 민통선 이북지역의 야생화와 섬진강이 내려다보이는 작은 마을의 야생화에서 채집한 꿀이라는 설명이 붙은 두 종류의 꿀뿐이었지만, 방역수칙에 따라 카페들이 장기간 문을 닫아야 했던 시기 나는 그 가게가 없어질까봐 걱정이 되어 선물을 해야 할 일이 있으면 일부러 그곳을 찾아가 꿀을 사곤 했다. 내가 사 먹기엔 다소 비싸고 나는 사봤자 아끼느라 또 열어보지도 못할 테니까. 전염병 때문에 우리는 일상 속에서 작은 점처럼 웅크리고 있지만, 그래도 누군가에게 꿀벌들이 자유롭게 춤추며 날아다녔을 자연 그대로의 비무장지대와 해 질 녘의 섬진강 가의 평화로운 풍경을 선물하고픈 마음으로.

어느 날은 가게에서 바닐라 꿀과 라벤더 꿀을 팔기 시작했다는 소문을 듣고 설레는 마음으로 찾아간 적도 있다. 내가 상상한 것과 달리 바닐라꽃과 라벤더꽃에서 채집한 꿀을 파는 게 아니라 꿀에 라벤더와 바닐라빈을 넣어 가향한 후 플라스틱 병에 담아 파는 것이라 조금 아쉬웠지만. 그래도 나는 원하는 단어를 고르면 라벨지에 적어 병에 붙여주겠다는 가게 주인의 말에 라벤더 꿀과 바닐라 꿀에 각각 '기쁨'과 '다정'이라는 이름을 붙여주었다. 울적하거나 화가 나 기쁨이나 다정이 유난히 부족하게 느껴지는 날들에 나는 용도에 맞는 꿀을 조금씩 꺼내 먹으며 날서 있던 마음들을 조금씩 달랬다.

한가지 고백하자면 나는 아주 오랫동안, 슈퍼에서 파는 플라스틱 통 안의 꿀만으로 만족하지 못하고 아름다운 병에 든 '그' 꿀, 사실은 그렇게까지 맛이 크게 차이 나지도 않는, 아주 미세한 감각의 차이로만 구별될 뿐인 그런 꿀에 매혹되는 인간일까 하는 생각에 고통스러울 때가 많았다. 어째서 내가 사랑하는 것들은 죄다 하찮고 세상의 눈으로 보면 쓸모없는 것들뿐인 걸까. 하지만 이제 나는 쓸모없는 것들을 사랑한다는 이유로 죄책감을 느끼지 않으려고 노력한다. 촘촘한 결로 세분되는 행복의 감각들을 기억하며 살고 싶다. 결국은 그런 것들이 우리를 살게 할 것이므로.

그 겨울의 풍경

생각해보면 첫눈을 기다리던 때도 있었다. 공기가 서늘해지고 나무들이 헐벗기 시작하면 언제 어디서고 떨어질지 모르는 첫눈을 설레는 마음으로 기다리며 외투를 여몄다. 사랑이 뭔지도 모르면서, 첫눈 내릴 때까지 봉숭아물이 남아 있으면 첫사랑이 이루어진다는 말에 손톱을 깎지 않던 어린 시절이나, 눈송이가 창밖으로 떨어지면 그 핑계김에 연애 이야기를 해달라고 선생님에게 졸라대던 학창 시절에 첫눈은 기다림의 대상이었다. 하지만 이제 생각해보니 나는 첫눈 소식을 예전만큼은 기다리지 않는 것 같다. 어쩌다 내가 이렇게 변해버렸을까? 눈이 오는 것을 좋아하지 않으면 마음이 늙어버렸다는 뜻이라던데. 그렇게 생각하니 마음이 쓸쓸해진다. 울적한 마음으로 가만히 원인을 짐작해보자면 지금 사는 곳으로 이사 온 이후 눈을 그렇게 기다리지 않게 된 것도 같다. 단독주택에서 살기 시작한 이후 내 생활에 생긴 가장 큰 변화 중 하나는 눈이 내리면 얼기 전에 밖으로 나가 집 앞 골목에 쌓인 눈을 쓸어야 한다는 점이었다. 하늘에서 떨어지는 눈송이는 가볍지만 쌓인 눈을 쓸고 삽으로 퍼 나르는 일은 얼마나 커다란 노동인지. 텅 빈 겨울의 골목에서 홀로 눈을 쓸다보면 어김없이 오래전 내가 아직 어렸을 때 받았던 애인의 편지들이 떠오른다. 이제 갓 입대한 애인이 주기적으로 보내오던 편지 속에는 제설작업 이야기가 종종 등장했다. 하얀 봉투 속에 곱게 접혀 있던 편지들. 나는 치워도 치워도 작업이 끝나지 않을 만큼 쌓인 눈을 삽으로 퍼 나르던 앳된 군인의 고독한 마음을 이제야 비로소 아주 조금이나마 상상할 수 있다.

그래도 이곳에 사는 햇수가 쌓이면서 나도 눈을 치우는 일에는 조금 익숙해졌다. 초반에는 제설작업에 적합한 도구마저 제대로 갖추지 못한 채 눈을 치우며 쩔쩔맸지만 이제 나는 언제든 필요할 때 나가서 치울 수 있도록 커다란 눈비와 눈삽을 마련해놓았다. 눈이 내리면 나는 외투를 챙겨 입고 커다란 장갑을 낀 후 창고에 있는 장비들을 챙겨 밖으로 나간다. 그리고 골목에 쌓인 눈을 치우기 전에 가장 먼저 하는 일은 집 앞에 작은 눈사람을 만드는 것. 어쨌든 그러고 보면 집 앞에 쭈그리고 앉아서 눈사람을 만들 만큼은 내게도 마음의 여유가 생긴 것이다. 하지만 눈 치우는 일에 조금 익숙해지자 곧 다른 문제가 생겼다.

눈이 많이 내린 지난겨울, 나의 근심거리는 폐지를 어떻게 처리할 것인가 하는 문제였다. 이사 온 후 주민센터에 처음 문의를 했을 때 담당자가 내게 알려준 폐지 배출 방식은 적당량을 묶어서 다른 쓰레기나 재활용품처럼 정해진 요일에 집 앞에 내놓는 것이었다. 2년 남짓한 시간 동안 나는 그렇게 해왔고 별문제가 없었다. 그런데 지난겨울에는 아무리 기다려도 집 앞에 쌓아둔 폐지를 수거해 가는 사람이 없었다. 나는 하는 수 없이 주민센터에 다시 전화를 걸었는데 돌아온 답은, 미화업체가 수거하는 다른 재활용 쓰레기와 달리 폐지는 폐지 줍는 노인들이 가져가시도록 되어 있다는 거였다. 그렇다면서 담당자는 노인들이 알아서 가져가시길 기다릴 수 없다면 주민센터로 직접 가져와도 되는데 그러면 폐지 1킬로그램당 두루마리 휴지 하나와 바꿔주겠다고 말했다.

전화를 끊고 나니 마음이 심란했다. 내게는 주민센터까지 폐지를 직접 가져가고 싶은 마음이 조금도 없었다. 우리 집은 언덕 꼭대기에 있고 주민센터에 가려면 비탈 아래에서 버스를 타고 가야 하는데, 휴지 한두개를 받자고 매주 박스를 들고 언덕을 오르내리는 것은 대체 무슨 에너지 낭비인가 하는 생각이 들었다. 게다가 빈 박스를 수거해 가던 주체가 동네의 폐지 줍는 노인이라면 무엇보다 나는 그분들의 일감을 뺏고 싶지 않았다. 하지만 지난해의 심각한 한파와 폭설 탓인지 우리 동네 담당 노인분은 박스를 계속 가져가지 않으셨고 택배 등으로 인해 생기는 박스들, 주기적으로 마시기 때문에 발생하는 우유팩, 그리고 잡다한 원고들을 쓰며 내가 생산하는 수많은 인쇄물까지, 매일 밤 자고 나면 '지류'로 분류되는 '쓰레기'들은 계속 쌓여만 갔다.

게다가 집 앞에 쌓아둔 박스는 폭설이 내리면 눈을 맞

아 조용히 젖어갔다. 바람이 불면 기껏 정리해둔 폐지들이 골목 안에서 나뒹굴었다. 재활용 분류고 뭐고 다 때려치우고 싶은 욕구에 시달리다가 어느 하루 나는 결국 집 앞에 쌓아두었던 박스들을 짊어지고 주민센터에 갔다. 박스와 바꾼 두루마리 휴지 두개를 받으면서 나는 매번 이렇게 할 수는 없으니 조치가 있었으면 좋겠다고 담당자에게 말했지만 담당 직원은 노인이 어디 편찮으신가, 하고는 더이상 아무 말도 하지 않았다. 나는 노인이 한파에 앓아누워 있는 것은 아니길 바라는 마음으로 두루마리 휴지 두개를 들고 칼바람 속을 30분 동안 걸어 다시 집으로 왔다. 하지만 그후로 또 몇주가 지났고 박스와 폐지는 다시 쌓이기 시작했다.

그러던 어느 날의 일이다. 눈이 조금씩 내리던 그날, 나는 감기에 걸려 며칠째 앓고 있던 중이었다. 연일 이어지는 한파에, 나갈 엄두가 나지 않아 집에 있는 상비약을 먹으며 버텨봤지만 감기가 도통 낫질 않았다. 하는 수 없이 나는 병원에 가기 위해 옷을 챙겨 입었다. 비탈 아래에서 리어카에 폐지를 모으고 있는 한 할머니와 내가 마주친 것은 병원에 다녀오는 길이었다. 눈에 덮인 리어카를 옆에 두고 할머니는 인근 건물의 처마 밑에서 빈 상자들을 정리하고 계셨다. 나는 반가운 마음에 할머니에게 다가가 "우리 집 앞에 박스가 많은데 혹시 필요하세요?" 하고 여쭤보았다. 그러자 할머니는 반색하시며 "너무 좋지, 집이 어딘데?" 하고 되물으셨다. 나는 집의 위치를 가르쳐드리려고 비탈 쪽을 손으로 가리켰다. 그런데 주소를 알려드리려다 가만히 보니 우리 집은 언덕 꼭대기에 있는데 할머니의 리어카는 너무 무거워 보였다. 나는 내가 아래로 내려올 일이 있을 때 박스를 가져다드리면 좋을 것 같으니 수거해 가시기 좋은 요일과 시간대, 장소를 알려달라고 말했다. 할머니는 아무 때나 다 괜찮다며 "여기로 그냥 가져다놔"라고 말씀하셨다. 할머니가 가리킨 곳은 동네 마트에서 배출한 박스들이 쌓여 있는 장소였다. 나는 "여기 주인분이 괜찮아하실까요?" 하고 되물었지만, 할머니는 상관없다며 꼭 가져다놔달라고, 헌 옷이나 헌 신발을 가져와도 좋다고 하셨다. 그러고 난 후 자리를 뜨려는 내게 "아가씨 너무 예쁘네"라고 연신 말씀하시던 할머니.

　　지금도 나는 일주일에 한번씩 빈 박스와 각종 폐지를 챙겨 마트 앞으로 간다. 그리고 눈이 오나 비가 오나 그 앞에서 폐지를 주워 정리하는 할머니를 보면 지난겨울, 할머니와 처음 이야기를 나눴던 눈 오는 날의 풍경이 생각난다. 모아두었던 박스와 폐지를 챙기러 비탈을 걸어 집으로 되돌아갔을 때 집 앞 골목은 아직 아무도 발 딛지 않은 깨끗한 눈으로 뒤덮여 있었다. 결국엔 쓸어버려야 한다는 것을 알면서도 그 순백의 상태를 더럽히고 싶지 않아 골목의 가장자리만을 밟아 박스들을 챙겨 나왔던 그날, 골목에 사는 길고양이들은 길에 주차된 자동차 아래로 눈을 피해 숨어 있었고, 동네에 사는 두명의 꼬마 아이들은 소리를 지르며 비탈의 한쪽에서 눈덩이를 굴리고 있었다. 그리고 그날, 내가 다시 비탈을 한참 걸어 내려가 집에 쌓아두었던 빈 박스들, 나에게는 무용할 뿐인 그것들을 가져다드렸을 때 할머니는 환하게 웃으며 나에게 이렇게 말씀하셨다.

　　"아가씨, 사람은 항상 감사하는 마음으로 살아야 해."

할머니는 영원히 모르시겠지. 그날을 떠올릴 때마다 내가 무엇에도 훼손되지 않는 단단하고 순결한 것들에 대해 생각해보곤 한다는 사실을.

애쓰는 마음

    작년에 번역한 그림책 한권이 최근에 출간됐다. 쉬지 베르제가 그림을 그리고 글을 쓴 『작은 어부와 커다란 그물』토끼섬 2022이라는 책이다. 그림책을 무척 좋아하지만 그림을 그리는 데 영 소질이 없는 편이라 나는 번역하는 것으로 이따금씩 갈증을 풀어왔다. 유학 시절엔 심심할 때면 서점에 들러 그림책들을 구경하길 즐겼고, 소개 글을 써서 주기적으로 한국의 작은 잡지에 싣기도 했다. 내가 좋아하는 그림책들은 대부분 어른들이 읽어도 좋은 내용인데, 내 취향의 그림책을 번역할 기회는 좀처럼 오지 않았다. 당시 출판 관계자들은, 내가 좋아하는 유형의 책들은 그림책을 대개 아동용으로 분류하는 한국의 출판시장 특성상 어디에도 분류하기 애매할 것이므로 출간이 어렵다고 말했다. 그로부터 꽤 많은 시간이 흐른 요즈음엔 내가 좋아하는 스타일의 그림책들도 국내 서점에서 꽤 많이 눈에 띈다. 장정이 아름답고 펼치면 더 아름다운 그림과 글이 있는 책들. 그림책 안에서는 온갖 일이 벌어질 수 있지만 그럼에도 내게 그 세계는 언제나 고요하게 느껴지고, 나는 그 고요함이 좋다.

　이번에 번역한 『작은 어부와 커다란 그물』도 어린이책으로 분류되어 판매될 테지만 나는 이 책을 어린이도 성인도 읽을 수 있는 그림책이라고 생각하며 번역했다. 이 책에는 바다로 둘러싸인 섬에서 평화롭게 살며 식구 한 사람당 한마리씩의 물고기만 잡는 것으로 충분히 행복하다고 생각했던 작은 어부가 등장한다. 그러던 어느 날, 물고기를 한번에 백마리씩 잡을 수 있는 특별한 능력을 갖게 된 어부는 점점 더 욕심이 커지고 결국 바다를 황폐하게 만들기까지 한다. 처음 이 책을 읽었을 때 내 눈길을 가장 먼저 사로잡은 건 물론 알록달록한 색감의 아름다운 그림이었지만, 이야기가 진행되는 방식도 나는 꽤 마음에 들었다. 그림책 속 어부와 식구들이 유달리 탐욕스러운 사람들이 아니라 선량한 사람들이라는 점이, 그들이 겪게 된 변화가 지극히 자연스럽게 그려진 점이 나는 좋았다. 세상을 나쁘게 만드는 건 아주 특별히 악한 마음을 품은 소수의 사람들만이 아니니까.

강의를 하고 집에 돌아오는 길, 학교에서 멀지 않은 제로웨이스트숍에 들러 렌틸콩과 현미파스타를 샀다. 매일 버리게 되는 어마어마한 양의 비닐과 플라스틱이 끔찍하게 느껴지다보니 포장 없이 물건을 살 수 있는 제로웨이스트숍이 한국에도 생겼으면 하고 오래전부터 소망했는데, 요즘음 조금씩 많아지고 있어 무척 기쁘다. 비닐포장이나 일회용 용기를 거절하기, 집에서 혼자 밥 먹는 날엔 가능한 한 육류를 섭취하지 않기, 치즈를 끊을 수는 없으니까 다른 때라도 유제품을 덜 섭취하기, 난방을 줄이고 물건을 사기 전에 대체할 수 있는 것들을 찾기, 용도를 다하기 전엔 가급적 이미 가지고 있는 물건과 비슷한 물건을 사지 않기… 여전히 매일 많은 쓰레기를 배출하며 살고 있고, 나라는 존재가 이 지구에 유해하다는 사실에는 변함이 없지만 그래도 나는 나의 선택들이 이 세상에 조금이나마 덜 해를 끼치길 바라는 마음으로 아주 작은 것이라도 실천하려 노력하고 있다. 예전에는 이런 일을 공개적으로 쓰는 것이 매우 부끄러웠다. 나의 실천은 모두 하찮은 것이고—나는 여전히 육식을 포기하지 못했고, 비행기를 타야 하는 여행 역시 포기할 수 없다. 마감이 급할 때면 플라스틱 용기에 담겨 올 걸 알면서도 음식을 배달시킨다—내 삶의 태도는 '완벽'과 거리가 멀다는 것을 알기 때문이다. 하지만 완벽이란 말은 얼마나 폭력적인지. 완벽하지 않아도 된다는 말이 게으름의 면죄부가 되어선 안 되겠지만 완벽한 것만 의미가 있다는 생각은 결국 그 누구도 행동할 수 없게 만드는 나쁜 속삭임이다. 이 세상 그 누구도 완벽할 수는 없으니까. 인간은 원래 그렇게 생겨먹은 존재들이니까. 아무것도 하지 않은 채 팔짱 끼고 앉아 '당신은 이런저런 잘못을 저질렀으니, 당신의 행동들은 결국 무의미해'라고 먼 곳에서 지적만 하는 건 언제나 너무도 쉽다.

공장식 축산업이 환경에 얼마나 악영향을 미치고 동

물의 권리를 침해하는지 고발하는 책을 쓴 소설가 조너선 사프란 포어가 그의 다음 저서『우리가 날씨다』, 송은주 옮김, 민음사 2020에서, 『동물을 먹는다는 것에 대하여』송은주 옮김, 민음사 2011를 출간하고 난 이후에도 꽤 여러번 공장식 축산으로 생산된 고기가 들어간 글로벌 기업의 햄버거를 사 먹은 적이 있다고 고백하는 대목을 읽으며 나는 큰 위안을 얻었다. 나는 그가 환경과 동물권을 보호해야 한다는 자신의 신념에도 불구하고 달걀이나 치즈 같은 것들에 대한 욕구를 끝내 포기할 수 없어 너무나도 부끄럽다고 고백을 하는 사람이라 그의 글을 조금 더 신뢰하게 되었다. 내 마음은 언제나, 사람들이 여러가지 면과 선으로 이루어진 존재들이고 매일매일 흔들린다는 걸 아는 사람들 쪽으로 흐른다. 나는 우리가 어딘가로 향해 나아갈 때, 우리의 궤적은 일정한 보폭으로 이루어진 단호한 행진의 걸음이 아니라 앞으로 갔다 멈추고 심지어 때로는 뒤로 가기도 하는 춤의 스텝을 닮아 있을 수밖에 없다고 믿고 있다. 우리는 그런 방식으로만 아주 천천히 나아간다고.

유기농 가게에서 사 온 제철 대저토마토를 잘게 썬다. 용기에 담아 온 현미파스타를 삶는다. 파스타에 바질페스토를 넣어 풍미를 살리고 토마토와 견과류를 듬뿍 얹어 차갑게 하거나, 렌틸콩에 (이번에도 역시) 토마토와 양파, 민트, 페타 치즈 같은 걸 잔뜩 넣은 후 레몬즙을 뿌려 먹는 샐러드는 낮이 점점 길어지는 계절에 내가 즐겨 먹는 음식들이다. 파스타가 익기를 기다리며 초록색의 토마토 하나를 코끝에 가져다 댄다. 완숙되기 전에 먹어야 더 맛이 좋다는 이 토마토에선 눈부신 여름을 기다리는 봄의 어린 잎사귀에서 맡을 수 있는 향기가 난다. 남쪽의 햇살과 소금을 품은 바닷바람, 봄이 깊어갈수록 부풀어오르는 흙의 향기가 난다.

봄에는 대저토마토와 딸기, 냉이나 달래처럼 향기로운 것들을 사고, 여름엔 가지와 애호박 같은 찬란한 빛깔의 여름 채소를 사서 먹는 일. 자연의 속도대로, 그 계절에 알맞은 것들을 먹으며 조금 더 알록달록하게 살고 싶다.

처음 언덕 위 동네로 이사를 와 살기 시작했을 때 불

편했던 점 중 하나는 가까운 곳에 유기농 매장이 없다는 것이었다. 유기농 식품점에 한번 가려면 운동화를 챙겨 신고 긴 산책을 준비해야 했다. 어슬렁어슬렁. 가는 길에 낮잠 자는 고양이들도 구경하고 하늘에 몽글몽글 피어 있는 구름도 구경하는 느긋한 마음으로. 어느 동네엔 한 블록 건너 하나씩 유기농 매장들이 자리 잡고 있는데, 어느 동네에는 하나도 없다는 사실은 무엇을 말하는가? 동네엔 폐건전지나 폐형광등, 폐식용유를 분류해 버릴 곳도 제대로 마련되어 있지 않아 나는 이사 후 몇번이나 주민센터에 전화를 걸어 문의를 해야만 했다. 이런 일들을 반복해 겪으면서 무엇을, 어떻게 먹고 버리는지 같은 어찌 보면 단순해 보이는 행위들이 사실은 각자가 처한 삶의 조건이나 질에 깊이 영향을 받을 수밖에 없다는 걸 새삼 깨닫는다.

지인이 무언가를 담아 건네준 비닐 지퍼백과 달걀 껍데기, 두유팩과 빈 유리병을 씻은 후 물기를 탈탈 털어 볕이 잘 드는 창가에 올려놓고 말린다. 커피 찌꺼기는 하얀 종이 위에 넓게 펼쳐둔다. 봄볕을 충분히 받아 바짝 마를 수 있도록 이따금씩 뒤적이면서. 햇살을 듬뿍 머금은 비닐 지퍼백과 유리병들은 곡식이나 펜네를 담아두거나 대파나 고추 같은 걸 소분해 얼릴 때 쓰일 테고, 달걀 껍데기는 잘게 부서져 화분의 흙과 섞일 것이다. 커피 찌꺼기도 대부분은 식물들의 몫으로 돌아가겠지만, 일부는 올리브유에 섞여 보디스크럽으로 쓰일 수도 있다.

두유팩의 경우, 오랫동안 나는 다른 폐지와 마찬가지로 집 앞에 배출해 폐지를 수거하는 이웃의 노인들이 챙겨가시게 하곤 했다. 하지만 코팅된 멸균팩을 다른 종이들과 섞어 배출하면 우리나라에서는 전혀 재활용이 되지 않는다는 이야기를 들은 이후부터는 따로 모아 주민센터에 가져다주고 있다. 주민센터에 보내려면 어떤 절차가 필요한지 궁금해 인터넷으로 검색하다가 아이와 함께 우유팩을 가지고 주민센터에 가서 두루마리 휴지를 받아 왔다는 누군가의 글을 읽은 적이 있다. 글쓴이는 이런 경험이 아이에게 경제관념을 심어주었으면 좋겠다고 적었다. 나는 그 글을 읽으며, 글쓴이가 아이에게 우유팩을 잘 분류해 버리는 행위가 휴지로 환산되는 금액만큼의 돈을 아낄 수 있는 경제적 활동이라는 걸 가르쳐주는 동시에 우리에게는 이 세상이 생명을 가진 모두가 더 살기 좋은 곳이 될 수 있도록 노력해야 하는 책임이 있다고도 가르쳐주었기를 마음속으로 바랐다.

코로나 시대를 거치며 각자의 생존은 매우 시급한 일이 됐다. 나의 조카는 코로나19 바이러스가 전세계에 확산되던 시기에 태어났다. 마스크를 쓰지 않고 외출한 적이 없어 밖에 나가고 싶을 때는 '신발'이라고 말하는 대신 "마크크"라고 말하는 아이가 커서 살아갈 세상은 내가 알던 세상과는 아주 다를 것이다. 태어나자마자 타인이 내 생명에 위해를 끼칠 수 있는 존재일지 모르니 경계해야 한다고 배운 세대에게 연대의 중요성에 대해 가르치는 일은 그 이전 세대와 완전히 다른 방식이 되어야 할 것이다. 그 아이가 살아갈 세상에선 내가 가진 가치관이 더이상 유효하지 않고, 그런 가치관에 대해 말하는 게 그 아이를 더욱 피곤하게 만드는 일이 될지도 모른다고 생각하면 마음이 심란해진다. 하지만 나는 여전히 조카에게 더 나은 세상을 주고 싶고, 조카가 사랑과 생명이 가득한 세상을 꿈꿀 수 있기 바란다. 쉽게 허무에 지고 비관주의에 빠지는 내게 생긴, 그래도 아직 무언가 해야 할 일이 있고 할 수 있다고 믿으려 애쓰는 마음. 이 마음은 조카가 내게 준 선물인지도 모르겠다.

며칠 전 가까스로 단편소설의 초고를 썼다. 개가 등장하는 소설이다. 이 소설을 발표하는 것이 좋을지는 아직 판단이 서지 않고, 그래서 이 소설이 독자들을 만나게 될지는 잘 모르겠지만, 나는 최근 몇년 사이 인간 중심으로 사고하는 것에 대한 불편함이 내 안에서 점점 더 크게 자라나는 걸 느낀다.

종로의 꽃시장에 들러 모종들을 몇개 샀다. 테라스에 있던 화분들을 다시 옥상에 올려두었고, 창문을 활짝 열어놓은 채 테라스의 작은 테이블에 앉아 글을 쓰는 날들이 많아졌다. 테라스에 앉아 창밖을 보면 벚꽃은 이미 모두 졌고, 이제는 개나리들만. 초록 사이에 점점이 박힌 샛노란

별들마저 다 스러지고 나면 머지않아 테라스에 앉기엔 너무 뜨거운 날들이 시작될 것이다. 그러면 수박 장수 아저씨가 다시 나타나 낡은 트럭에 수박을 잔뜩 싣고 낡은 골목들 사이를 누빌 테지. 맛 좋은 꿀수박 단돈 오천원, 하고 노래하듯 리드미컬하게 외치는 소리가 들려오면 나는 원고를 쓰다 말고 지갑을 챙겨 나가 트럭 뒤꽁무니를 쫓아 달릴 테고.

페이지가 줄어드는 걸 아까워하며 넘기는 새 책의 낱장처럼, 날마다 달라지는 창밖의 풍경을 아껴 읽는다. 해의 각도와 그림자의 색깔이 미묘하게 달라지고 숲의 초록빛이 조금씩 번져나가는 걸 호사스럽게 누리는 날들.

밤이 오기 전

나는 지금 J와 함께 강변의 벤치에 앉아 있다. 며칠 전만 해도 40도가 넘는 폭염이었다는데, 강변엔 선선한 바람이 불고 있다. 관광객들을 가득 실은 유람선이 우리 앞을 주기적으로 지나간다. 멀리, 화재로 소실됐다가 복구 중인 노트르담대성당이 보인다.

무엇이 변했고, 무엇이 변하지 않았나?

마스크로 덮이지 않은 J의 눈가에 생긴 옅은 주름들을 보며 생각한다. 휴대전화에 도착한 메시지를 읽기 위해 안경을 벗어들고 눈을 가느다랗게 뜨는 J를 보며 우리 사이로 흘러간 시간을 실감한다.

일 때문에 독일에 방문하게 되었을 때 여러가지 면에

서 무리란 걸 알면서도 파리에 아주 짧은 일정으로나마 들른 이유는 J가 얼마 전 아버지를 잃었다는 소식을 들었기 때문이다. J를 처음 만난 건 26년 전으로, J는 내게 생긴 첫 번째 프랑스인 친구였는데 우리가 처음 알게 됐을 무렵 둘 중 누구도 우리의 인연이 이렇게나 오래 지속될 거라고는 예상하지 못했다.

지금 내 앞에 있는 J가 갑자기 나이 든 것처럼 느껴지는 건 힘든 시기를 통과하고 있기 때문일까, 아니면 팬데믹으로 인해 우리가 만나지 못한 지난 3년의 세월이 우리들의 얼굴에 흔적을 남긴 탓일까. J는 아버지가 돌아가신 후, 파리 외곽의 커다란 집에 홀로 남겨진 어머니의 일상을 돕고 있다고 말한다. 모든 걸 아버지에게 의존해 일평생을 살아온 어머니는 아무것도, 정말 아무것도 혼자 할 줄 아는 것이 없다고.

"아버지가 돌아가신 게 아직 믿기지 않아. 지금도 집에 가면 다시 만날 수 있을 것만 같아."

J가 말하고, 나는 대답한다.

"무슨 말인지, 나도 너무 잘 알아."

우리가 함께할 수 있는 시간은 아주 짧고, 우리는 사람들을 피해 한적한 곳에 앉아 늘 그랬듯 아이스크림을 먹고 있다. 대화를 나누다 말고, 비둘기가 다가올 때마다 J가 발을 굴려 쫓아내길 반복하는 건 오래전 내가 비둘기 떼가 날아오면 기겁을 했다는 걸 기억하고 있기 때문이다. 나는 더이상 비둘기를 그만큼은 싫어하지 않지만 J가 그걸 기억하고 있다는 게 기뻐 비둘기를 쫓고 웃으며 의기양양하게 돌아오는 J에게 번번이 고맙다고 말하며 웃는다.

"자전거들을 조심해."
우리가 생미셸의 분수 앞에서 작별 인사를 주고받던 중 J는 내게 당부한다. 전염병으로 인해 대중교통을 기피하는 사람들과 기후변화의 문제를 심각하게 받아들이는 사람들이 늘어나면서 자연스레 자전거를 타는 인구수도 늘어났는데 그들은 교통 법규를 무시하는 도로 위의 폭군이 되었다는 설명과 함께.

아닌 게 아니라 파리에는 정말 자전거를 타는 사람들이 많아졌다. 그것 말고도 파리는 여러가지 면에서 달라진 것처럼 보이고, 그걸 자각하는 건 매우 낯선 일이다. 왜냐하면 내게 파리는 아주 오래전부터 변하지 않는 도시였으니까. 마스크를 쓰지 않는 승객들로 붐비는 대중교통을 타고 싶지 않아 한시간이 넘게 걸리겠지만 나는 또다른 친구인 P의 집까지 걷기로 한다.

파리에 있을 때 내가 가장 즐겨 하는 건 도시를 걷는 일이다. 주변 환경과 조화를 이루는 건축을 중시하고 건축유산을 존중하는 일이 공공의 이익을 위한 것이라 생각하는 프랑스에서는 건물을 허물거나 도시를 개발하는 일이 한국에서보다 훨씬 더 어렵기 때문에 파리엔 내가 좋아하는 작가들의 흔적이 곳곳에 남아 있다. 나는 트레이싱지를 대고 따라 그리듯 보들레르나 벤야민이 걸었던 골목들을, 시몬 드 보부아르가 산책하던 뤽상부르공원이나 몽파르나스 거리를 거닌다. 동경을 품기도 전에 파리를 만나버린 탓에 이 도시에 대한 환상을 크게 품고 있지는 않은 편이지만 나는 편리나 실용의 깃발을 높이 든 자본주의의 논리로도 함부로 지워버리지 못한 시간의 무늬들이 남아 있는 이 도시를 아름다운 장정의 고서적처럼 아낀다. 물론 그것은 박물관 높다란 진열장의 유리벽 뒤에 전시된 책이 아니라, 지금도 누군가에 의해 읽히고 날마다 새로운 문장들과 낙서들로 페이지가 채워지는 책이다.

    P가 며칠간 쓰라고 나와 동행인 Y에게 빌려준 집은 19세기에 지어진 건물에 있다. 오래된 건물답게 불편한 점도 있는데, 마룻바닥은 걸을 때마다 삐걱거리고 벽이 얇은 탓에 이웃의 소리가 여과 없이 들릴 뿐 아니라 한국식으로 6층에 위치해 있지만 건물에는 엘리베이터가 없다. 하지만 그녀의 아파트는 아름다운 오스만식 건물로, 내가 좋아하는 기다란 창문과 높은 층고를 갖고 있다. 낮이면 햇살이 들어와 마룻바닥이 빛으로 어룽지고, 부엌 창가에 서서 밖을 내다보면 이웃 건물의 경사진 지붕과 인도 패랭이꽃이 만발한 안뜰이 보인다. 친구의 집은 정말 아름답고, 나는 파리의 건물들과 오래된 골목, 시간이 깃든 것을 존중하는 파리를 여전히 좋아하지만, 6층까지 계단을 오르내리며 이동이 자유롭지 않은 장애인들에게 이 도시는 정말 열악한 곳이라는 생각을 하기도 한다. 파리와 인연이 깊지만, 아이가 휠체어를 타고 생활하게 되면서 이제는 파리가 정말 싫

어졌다던 사랑하는 친구 C의 말을 들은 이후 나는 파리를 예전과 같은 눈으로 바라볼 수 없게 됐다. 무엇인가를 보편적인 아름다움으로 판단하고 명명할 수 있는 특권을 지닌 사람들은 누구인가?

몇주 전엔 언덕 위의 집에 낯선 사람들이 찾아왔다. 60~70대 정도 되어 보이는 여성들과 그들보다 젊은 여성이었는데, 그 집에 오래전 살았던 자매와 그중 한 여성의 딸이라고 자신들을 소개했다. 그들은 예전에 살았던 집이 그리워 이따금씩 찾아와보곤 하는데 혹시 괜찮다면 내부를 보여줄 수 있겠느냐고 내게 물었다. 집을 구경하는 내내 "어머, 이런 건 예전이랑 똑같네" 하며 감탄하던 그녀들은 언덕 위의 집이 그들 가족이 소유했던 첫 집이고, 60년 전 어머니가 벽돌을 일일이 골라 집을 지었으며, 그곳에서 결혼해 분가를 할 때까지 아주 오랫동안 살았다고 말했다. 자신들이 살았던 집에 대한 추억을 이야기하는 그들의 얼굴이 얼마나 아이 같던지. 그들이 떠난 후, 평소라면 낯선 이를 집에 들이는 걸 꺼렸을 텐데 무슨 바람이 불어 선뜻 문을 열어줄 정도로 마음이 너그러웠던 걸까 하는 궁금증이 일었다. 얼마 전 아빠의 고향에 다녀오지만 않았더라도 문을 열지는 않았을 것이다. 나는 아마도 자신들의 역사를 간직한 옛집을 볼 수 있는 그들이 조금은 부러웠던 것 같다.

여름이 시작할 무렵, 나는 아빠와 그의 고향에 찾아가 아빠가 중고등학교 시절 거닐었던 번화가를, 내가 어렸을 때 몇년간 나를 키워주었던 친척 어른이 일을 했다던 포목점이 있던 시장을 보았다. 나는 할머니가 돌아가신 후, 할머니가 피란을 와 아이들을 낳고 길렀던 동네를 일부러 찾아가 걸어본 적이 있는데, 할머니가 돈을 모아 처음으로 장만해 아빠를 키웠다는 집이 보고 싶어 찾아간 것이지만 그것은 진즉 사라지고 그 자리엔 흉물스러운 색으로 칠해진 다세대주택이 세워져 있었다. 그후 나는 나의 고향이기도 하지만 일찍 떠난 탓에 잘 알지는 못하는 그 도시의 특정 지역을 일부러 여러 소설 속에 묘사하곤 했다. 그건 어떤 장소들을 사라지게 만드는 힘에 저항하고자 하는 나만의 노력이었다. 내게는 학창 시절을 서울에서 보낸 엄마의 추억 속 장소들도 같이 거닐어보고 싶다는 비밀스러운 욕망도 하나 있지만, 내가 같이 한번 가보자고 제안했을 때 엄마는 "그 장소들은 다 없어졌어" 하고 답했다. 그것들은 다 사라졌을 것이다. 내가 초등학교 시절 좋아했던 분식점이, 중학교 시절 친구들과 걸어다녔던 거리가 모두 다 흔적도 없이 사라진 것처럼. 10대의 엄마가 친구들과 걸었을 골목들이나 즐겨 갔을 상점들을 영영 찾아가볼 수 없다는 사실은 나를 슬프게 만든다.

누군가가 우리 동네에 대해 물으면 잘 변하지 않는 동네라고 답하곤 하지만, 그건 반은 맞고 반은 틀린 대답이다. 왜냐하면 이 책에 묶인 글을 쓰는 내내 그러고 있듯 내가 '동네'라는 단어를 아무렇게나 내 편의대로 사용하기 때문이다. 어떤 때 내가 말하는 '우리 동네'는 넓은 의미로, 내가 발로 걸어 산책할 수 있는 지역을 말한다. 그건 행정구역상 여러개의 동에 걸쳐 있는 공간인데, 내가 좋아하는 서점과 카페, 도예작업실과 천변 산책로, 새로 생긴 튀김 가게와 채소 가게, 50년 된 중국집이 모두 그 '동네' 안에 속한다. 하지만 다른 때 나는 '우리 동네'라는 말을 특정 동 안에서도 특정 구역에 속하는, 한국전쟁 이후 가난한 사람들이 판잣집을 무허가로 만들어 살기 시작하며 형성된 좁은 지역을 일컫는 말로 쓴다. 우리 동네가 잘 변하지 않는다고 말할 때 그 '우리 동네'는 좁은 의미의 '우리 동네'다.

내가 (좁은 의미의) 우리 동네를 처음 알게 되고 좋아했던 건 이곳에 시간이 있었기 때문이다. 높은 지대에 올라가 내려다본 동네는 희미한 빛 속에서 저마다 서사를 품고 늙어가는 집들과 골목들이 얽힌 고요한 세계였다. 그건 대도시에서 나고 자랐으며, 10대 시절부터 인생의 상당 부분을 서울에서 보낸 내게 매우 낯선 풍경이었다. 하지만 우리 동네의 풍경은 할머니가 돌아가신 이후 찾아 거닐었던 아빠의 유년 시절 동네와 아주 많이 닮아 있었기 때문에 나는 이 동네를 금세 친근하게 느꼈다.

가끔은 내가 이런 이유로 우리 동네를 좋아한다고 말해도 되는 것인가 망설여진다. 서울의 다른 지역에 비해 이 동네의 주거환경이 터무니없이 낙후한 것은 틀림없는 사실이기 때문이다. 나는 언덕 위의 동네에 살기 시작한 이래 사이렌 소리가 들리면 두려운 마음으로 황급히 창문을 열고 밖을 내다봐야 했다. 불이 나거나 긴급한 환자가 발생하면 주차 공간이 턱없이 부족해 차들이 아무렇게나 불법 주차된 이 비좁은 골목에 소방차나 앰뷸런스가 올라오기까지 대체 얼마나 많은 시간이 걸릴지 가늠할 수 없기 때문이다. 휠체어를 타야만 하는 사람은 결코 우리 동네에서 살아갈 수 없을 것이다. 대다수의 주민 구성원인 노인들을 위해 마을버스 노선을 신설하자는 청원에 사인을 한 지 오래지만 마을버스 노선이 생긴다는 소식은 여전히 요원하다.

　　나는 이 동네와 인연을 맺은 이후 줄곧 마음 한편에 일종의 죄책감 같은 걸 갖고 있다. 그런 감정을 느끼는 건, 많은 불편함에도 불구하고 내가 이 동네를 다소간 낭만적인 시각으로 볼 수 있는 이유가 언제고 이곳을 떠날 수 있는 사람이라는 것과 연관되어 있을지도 모른다는 생각을 떨칠 수 없는 까닭이다. 실제로 나는 강아지의 건강이 갈수록 악화되어 일주일에 몇번씩 동네에서 한시간가량 떨어진 동물병원으로 긴급히 달려가야만 했을 때 이곳까지

오는 택시를 쉽게 잡을 수 없어서 발을 동동 굴렀고, 동네 주변으로 재개발이 진행되면서 차량 통행이 더욱 불편해지자 동물병원과 가까운 곳으로 이사를 결심하기도 했다. 나는 필요하면 언제든 떠날 수 있는 사람이지만 어떤 사람들은 아무리 불편하고 괴로워도 이곳에서 살아가야만 한다. 그래서 이 동네의 미래에 대해서 말을 얹기가 더 조심스럽다.

지난해 봄 이후, 동네 주변은 무척 소란스러워졌다. 재개발 추진 동의서를 받는다는 현수막과 벽보가 곳곳에 붙었는데, 대부분은 좁은 골목과 낙후한 주거환경의 불편함을 토로하는 내용이었다. 그들의 불편함은 실재하는 것이고, 그것은 틀림없이 개선되어야 한다. 하지만 그렇게 인근 동네의 재개발 소식이 들려올 때마다 근심하는 우리 동네 이웃들도 존재한다는 걸 나는 알고 있다.

언젠가는 한 이웃이 내게 찾아와 "우리 동네가 재개발된다고 그러던데 쫓겨나면 어쩌지?" 하고 물었다. "나는 우리 동네가 좋은데"라고 덧붙이며.

"(좁은 의미의) 우리 동네는 아직 그런 이야기가 없으니 걱정 마세요."

그건 사실이므로, 나는 그녀를 안심시키기 위해 그렇게 답했다. 하지만 그 이웃에겐 이 동네가 없어지고 나면 갈 곳이 없고, 그녀에게 재개발 문제는 내 경우보다 몇배는 더 절박한 일이란 걸 나는 알고 있었다.

그날 저녁, 하루 분량의 원고를 다 쓴 후 달걀과 옥수수를 삶아 먹고 산책에 나섰다. 해가 지려 하고 있었고, 검은 새들이 먼 곳을 향해 날아갔다. 어디선가 생선 굽는 냄새가 풍겼다. 뒷골목에 사는 할머니가 우리 앞집의 아주머니에게 백숙 쒀다 줘서 고맙다고 외치는 소리가 들려왔다. 내가 지나가자 겁이 많아 유난히 시끄러운 이웃집 개가 늘 그러듯 요란스럽게 짖었다. 이웃들이 집 앞에 놓고 정성껏 가꾸는 화분들마다 꽃들이 바람에 오색으로 흔들렸고, 싱그럽고 탐스러운 오이와 가지가 줄기마다 주렁주렁 자라고 있었다.

이윽고 마침내 언덕 가장 높은 곳에 이르렀을 때, 뒤를 돌아보니 하늘 위 구름들은 오렌지색과 분홍색이 뒤섞인 석양의 빛으로 물들고 있었다. (좁은 의미와 넓은 의미에서) 우리 동네의 작은 창들은 어느새 대부분 환하게 불을 밝히고 있었다. 나는 이미 수없이 보았지만 볼 때마다 숨을 멎게 만드는 그 풍경에 매혹되어 짙푸른 물감이 점점 더 번져가는 동네가 별빛 가득한 우주의 가장자리처럼 보일 때까지 그곳에 서 있었다. 그 우주의 가장자리에서 M이모가, 나의 개 봉봉이 살았고, 길고양이 시몬과 장폴이, 나의 이웃들이 살고 있다.

나는 거울 속처럼 고요한 우리 동네 풍경의 아름다움을 조금 더 오래 누리고 싶지만 밤이 다가오고 있는 기척을 느낀다. 밤은 성큼성큼 다가온다. 모든 걸 쓸고 가버릴 듯한 커다란 갈퀴를 끌며. 시간이 조금 더 흐른 후엔 무엇이 변하고, 무엇이 변하지 않을까? 그것에 대해 생각할 때면 나는 이따금씩 두렵다.

2부

산책하는 기분

사랑의 날들

　　내가 키우는 강아지는 짧은 견생에 여러개의 이름을 가져왔다. 세상에 태어났을 때 처음으로 부여받은 이름은 '뽀리'였다. 큰집에서 키우던 아롱이가 낳은 여러마리의 새끼 중 가장 체구가 작았던 그 강아지에게 '뽀리'라는 이름을 붙여준 것이 큰엄마인지 사촌언니들인지는 잘 모르겠다. 하지만 어느 설날, 갓 태어난 강아지들을 본 후 그 귀여움에 흠뻑 빠진 동생이 그중 '뽀리'를 키우고 싶다며 우리 집에 데려왔을 때부터 '뽀리'는 더이상 '뽀리'로 불리지 않았다. 참신한 이름을 붙이는 데 특별한 재능을 지닌 동생이 강아지의 새하얗고 보드라운 털에 영감을 받아 '뽀리'를 '붕대'로 다시 명명했기 때문이다. 붕대라는 이름은 독특하고 귀여워 온 가족의 지지를 받았다. 하지만 몇년 후 '붕대'는 새 이름을 다시 한번 부여받는데, '붕대'가 유난히 병치레가 잦았기 때문이다. 생명을 위협하는 수많은 고비를 넘긴 끝에 동생과 나는 이 모든 것이 혹시 이름 탓은 아닐까 하는 미신적인 생각을 하기 시작했다. 그리고 우리는 강아지가 건강하게 오래오래 살기만 했으면 좋겠다는 마음으로 새로운 이름을 지어주기로 결정을 내렸다. 이름에 이미 적응한 강아지를 너무 혼란스럽게 하지 않으면 좋겠다는 이유에서 발음의 유사성을 따져가며 새로 고른 이름은 '봉봉'이었다. 프랑스어로 사탕을 뜻하는 봉봉bonbon은 상냥하고 사랑스러운sweet 강아지에게 잘 어울리는 이름 같았다. 하지만 불행하게도 이렇게 이름을 자주 바꾸다보니 가족 구성원 모두에게 봉봉이란 이름은 낯설기 짝이 없고, 동물병원의 서류들이나 동물등록증에는 봉봉이란 이름으로 기록된 우리 강아지는 봉봉과 붕대의 중간쯤의 형태로—이를테면 붕달이라든지 봉구라든지 봉봉구라든지—아무렇게나 불리기에 이른다. 이것만으로도 충분히 많은 이름을 지닌 셈일 텐데, 봉봉에게는 사실 하나의 이름이 더 있다.

그 이름은 바로 '재롱'이다.

구조된 동물들이 살아갈 '카라 더봄센터'를 짓기 위해 기획된 책 『다름 아닌 사랑과 자유』문학동네 2019에 글을 보태기로 한 걸 계기로, 동물권행동 단체 카라를 통해 일대일 결연을 맺을 강아지를 사이트에서 찾아보던 중 '재롱'이라는 아이에게 눈길이 간 것은 그 때문이다. 보살핌을 받지 못해 반 야생이 되었고, 사람을 무서워한다는 암컷 강아지 '재롱'. 그 이름을 보는 순간, 나는 별 고민 없이 이 아이와 결연을 맺기로 결심했다. 왜냐하면 '재롱'은 '봉봉'의 또다른 이름이기도 했으니까. 몇해 전 돌아가시기 전까지 나와 함께 살았던 할머니는 '붕대'이던 시절에도 '봉봉'이던 시절에도 한결같이 나의 강아지를 재롱이라고 불렀다. "할머니, 재롱이가 아니고 봉봉이!" 아무리 가르쳐드려도 "응, 그래 그래 봉봉" 하고 돌아서면 할머니는 다시 "재롱아"라고 강아지를 불렀다. 오래전 할머니가 기르던 개의 이름이 재롱이었기 때문이라는 사실을 알고는 있었다. 할머니가 젊었던 시절 살았던 집의 마당에 묶어놓고 길렀다던 개.

나와 동생은 봉봉을 기르는 방식 때문에 할머니와 마찰을 빚을 때가 많았다. 먹다 남은 밥을 먹이며 개를 길러왔던 할머니로서는 봉봉에게 사람 음식을 주려 할 때마다 우리가 말리는 이유를 납득하기 어려웠을 것이다. 할머니는 눈을 찌르게 생겼다며 가위로 얼굴의 털을 아무렇게 잘라놔 강아지를 못난이로 만들기도 했고, 할머니의 얼굴을 핥으려 할 때면 손으로 봉봉의 얼굴을 때려—세게 때린 것은 아니지만—우리를 경악하게 만들었다. 할머니로서는 내가 개와 같은 침대에서 잠을 자는 것이나, 개를 품에 안고 아침저녁으로 약을 먹이는 광경이 이상해 보였을 것이다. 하지만 나는 이제 할머니가 할머니의 방식대로 봉봉을 사랑했음을 안다.

　본가에 살 때 봉봉은 전화벨이 울리거나 초인종이 울리면 요란하게 짖으면서 할머니 방으로 달려가곤 했다. 일찍부터 청력이 안 좋아진 탓에 전화가 오거나 누군가 초인종을 눌러도 알아채지 못해 곤란을 겪던 할머니는 봉봉이 방으로 달려와 짖어대면 "재롱아, 전화 왔냐? 누구 왔어?"

하면서 자리에서 몸을 일으켰다. "얘가 내 귀다"라고 말하며 봉봉의 머리를 쓰다듬어주던 할머니. 봉봉은 할머니가 돌아가시고 안 계신 지금도 본가에서 전화벨이 울리거나 초인종이 울리면 요란하게 짖는다. 마치 할머니가 손을 뻗어 머리를 쓰다듬어주길 바라는 것처럼. 그럴 때마다 나는 할머니를 대신해 봉봉의 머리를 쓰다듬는다. "잘했어, 잘했어."

아무런 준비도 없이 강아지와 동거하는 삶을 시작하게 되었지만, 강아지를 키우면서 깨닫게 된 사실은 생명을 가진 존재는 모두 다 개별적이고 고유하다는 것이다. 봉봉과 함께 살기 전, 내게 세상에 존재하는 모든 개들은 그저 '개'에 불과했다. 하지만 봉봉을 만난 이후 나는 모든 개들이 성격도, 표정도 다르다는 사실을 알게 됐다. 개의 성격은 반려인을 닮는다는 말을 자주 듣는데, 그것은 자연스러운 일인 것 같다. 오랫동안 함께 살아온 부부의 얼굴이 닮듯 서로 사랑하며 상호작용하는 반려견과 반려인은 서로를 닮아갈 수밖에 없으니까. 하지만 가끔 그런 생각을 하면 나는 봉봉에게 미안해진다. 방안퉁수인 반려인을 만나 봉봉은 유난히 집에 있기 좋아하는 강아지가 되어버렸으니까. 새벽 늦게야 잠드는 반려인 탓에 봉봉은 밤 열두시가 지나면 눈에 생기가 돌고 놀자고 장난감을 가져오는 야행성 강아지이기도 하다. 내향적이고, 낯선 개를 경계하는 봉봉을 볼 때마다 내가 좀더 활달한 사람이라면 봉봉의 삶이 훨씬 더 즐거움으로 가득하지 않았을까 싶어 속상한 마음이 들 때도 있다. 다행인 것은 그럼에도 봉봉이 나보다 훨씬 더 상냥하고 사람을 더 좋아하고 신뢰하는 존재라는 사실이다. 봉봉이 누구에게나 봄날의 햇살처럼 밝고, 이 세계를 보풀이 일어난 친숙한 담요 속처럼 부드럽고 안전하게 느끼는 것은 온 가족의 사랑 속에 컸기 때문일 것이다.

첫사랑, 첫 입맞춤, 첫눈. 세상의 모든 첫번째가 소중하듯 인생의 첫 강아지는 특별할 수밖에 없다. 봉봉이 온전한 나의 첫 강아지가 된 것은 자신의 첫 강아지였던, 다른 도시에 있는 큰엄마의 집까지 찾아가 강아지를 받아 올 정도로 애정을 주었던 봉봉을 동생이 결혼하면서 나에게 양

보했기 때문이다. 봉봉이 나를 더 잘 따르기도 했지만 나는 동생이 그런 선택을 한 결정적인 이유는 직장에 매일 출근할 수밖에 없는 동생 내외와 함께 지내는 것보다 프리랜서라 집에 있는 시간이 압도적으로 더 많은 나와 지내는 것이 봉봉의 삶을 위해 더 좋을 것이라는 판단 때문이었다는 사실을 안다. 어떤 커다란 사랑은, 상대를 위해 보내주는 방식으로 표현될 수 있다는 것을 나는 동생을 통해 배웠다.

우리는 어떠한 몸짓이 사랑이라는 것을 어떻게 알게 될까. 본가를 떠나 봉봉과 단둘이 처음으로 원룸 오피스텔을 구해 잠시 살았던 적이 있다. 독립을 하기로 한 뒤부터 걱정이 되었던 것은 봉봉이 새집에 잘 적응할까 하는 것이었다. 특히 내가 봉봉을 두고 외출을 할 때, 낯선 집에 혼자 버려졌다고 느끼면 어떻게 하나 하는 걱정에 이사를 결정한 직후부터 오랜 날들 동안 밤잠을 설쳤다. 아니나 다를까, 이사를 한 직후 봉봉은 내가 현관 쪽으로 가기만 해도 혼자 두고 가지 말라고 나에게 다가와 매달렸다. 내가 널 버리고 가는 게 아니야. 나는 내가 나가더라도 언제든 다

시 돌아올 거라는 걸 이해시켜주기 위해 며칠 동안 신발을
신고 현관 밖에 나가 30초씩, 1분씩, 5분씩 서 있다 다시 집
안으로 들어왔다. 문 뒤의 너는 어떤 표정을 짓고 있을까,
마음 졸이면서. 내가 돌아올 때마다 세상을 다 가진 것처럼
행복해하던 강아지.

무엇이 되었든 생명을 가진 존재는 한없는 사랑을 필
요로 한다. 그리고 무한한 사랑을 받으며 성장한 존재는 사
랑을 줄 줄 안다. 봉봉은 차갑고 이기적이기만 하다고 생
각한 내 안에도 사랑이 이렇게나 많이 숨어 있었다는 것을
처음으로 알려준 존재다. 봉봉이 먹고 싶어 어쩔 줄 몰라
하는데 목숨을 잃을까봐 먹지 못하게 막거나 고통스러워
하는데도 병원에서 치료를 받게 해야만 할 때, 자유의지를
주었다면서 내가 원하는 바를 이루지 못하게 만들고 누구
보다 사랑한다면서 때때로 도저히 납득할 수 없는 시련을
주는 신의 뜻을 나는 어렴풋이나마 이해할 수 있을 것 같
았다.

　　나는 보호소에 있다는 재롱을 한번도 본 적이 없다. 내가 재롱이에 대해서 아는 것은 그 아이가 환경이 열악한 보호소에서 구조되었고, 사람을 무척 무서워해서 곁을 주지 않지만 사람이 없는 곳에선 이불 뜯는 것을 좋아하는 말괄량이라는 사실뿐이다. 하지만 내가 재롱에 대해 아무것도 모른다 하더라도 나는 그 재롱이, 나의 '재롱'처럼 그렇게 사랑스럽고 소중한 존재라는 것만은 안다. 그 아이 역시 누군가의 사랑을 충분히 받았다면 사람을 두려워하지 않고, 누구에게나 쉽게 다가가고, 검고 부드러운 눈으로 자기를 바라보는 사람을 가만히 응시하는 것만으로도 세상의 모든 기쁨과 행복을 전할 줄 아는 존재로 자랐을 것이다.

　　어느 여름밤이었다. 자고 있는데 천둥번개가 치기 시작했다. 장마가 시작된 걸까? 갑작스러운 소리에 놀라 잠에서 깨어나 천둥소리를 무서워하는 봉봉을 찾는데 아니나 다를까 발치에서 자던 봉봉이 어느새 내 얼굴 쪽으로 다가와 있었다. 창문을 두드리는 빗소리와 천둥소리로만 가득한 어둠 속에서 나는 내 몸에 닿는 강아지의 둥글고 따뜻한 엉덩이의 곡선을 느끼며 새삼 깨달았다. 이 연약한 아이는 나를 온전히 신뢰하고 있구나. 내가 위험으로부터 자신을 지켜줄 거라고 전적으로 믿고 있구나. 그런 생각이 들자 감사하다는 마음이 일었다. 우리가 살면서 누군가에게 이토록 전폭적인 신뢰를 받는 일이 얼마나 많이 있을까? 괜찮다고, 손을 뻗어 봉봉의 머리를 쓰다듬자 나의 강아지가 고개를 돌려 손을 정성스럽게 핥기 시작했다. 너도 무섭지, 괜찮아,라고 하는 것처럼. 내가 악몽을 꾸다 소리 지르며 어둠 속에서 깨어나는 밤마다 내게 다가와 얼굴을 핥아줄 때처럼. 강아지의 눈을 가만히 들여다볼 때면, 나는 이 넓은 우주에서 우리가 만나 이렇게 서로에게 특별해질 수 있게 만든 힘이 무엇일지 궁금해지곤 했다. 우리의 존재가 서로에게 깃들고, 이렇게 서로를 비춰주는 조그만 빛이 될 수 있게 해준 그 힘이. 말도 통하지 않고 종마저 다른 둘 사이에 사랑의 시간이 쌓여 서로가 서로의 불안을 잠재울 수 있는 존재로 거듭날 수 있다면 그것은 이미 기적이 아닐까? 빗줄기가 조금씩 잦아들었다. 비도, 천둥도 곧 그치고 어둠은 새벽의 빛으로 허물어질 거였다. 하지만 예상보

다 아침이 늦게 찾아오더라도 괜찮다고 나는 생각했다. 강
아지가 좀더 내 몸 가까이 파고들었다. 아주 오랜만에, 행
복하다는 느낌.

초여름 산책 1

볕이 좋은 날에는 집 앞에 난 성곽길을 따라 산책하는 사람들을 쉽게 볼 수 있다. 해가 기울기 시작하고, 열어놓은 창을 타고 선선한 바람이 불어오면 나도 작업하던 문서를 노트북에 저장하고, 책상 근처에서 잠들어 있는 봉봉과 산책할 준비를 한다. 봉봉이 다리를 다친 이후 우리의 산책은 봉봉을 품에 안고 내가 걷는 방식으로 이루어진다. 가끔 봉봉이 걷고 싶어하는 것 같으면 산책로에 내려놓기도 하지만 수의사의 조언대로 억지로 걷게 시키진 않는다.

내가 '강아지'라고 부르지만 생물학적으로는 노령견으로 분류되는 봉봉은 지난해 여름, 산책을 하다가 십자인대를 다쳤다. 봉봉을 동물병원에 데려갔을 때 수의사 선생님은 나이를 고려하면 일어날 수 있는 일이라고 말하면서, 수술을 할지 말지를 결정해야 한다고 설명했다. 십자인대가 손상된 경우 완치될 수 있는 유일한 방법은 수술밖에 없지만, 나이와 봉봉이 앓고 있는 심장질환을 생각하면 전신마취를 할 수밖에 없는 수술을 감행하는 것이 최선인지는 생각해보아야 한다는 말도 덧붙이면서. 한 생명을 책임지고 키우면서 가장 두려운 순간은 이처럼 무언가를 내가 결정해야 할 때다. 아픈 강아지에게 의사를 물을 수는 없기 때문에 최종 선택은 온전히 나의 몫인데 무엇이 가장 최선의 선택인지 내가 알 수 없다는 사실이, 어쩌면 오히려 그 선택이 내가 돌보고 지켜줘야 할 존재를 고통스럽게 하는 것일지도 모른다는 사실이, 언제나 나를 두렵고 겁이 나게 한다.

다행히 봉봉은 수의사 선생님과 여러차례의 상담 끝에 우리가 차선책으로 선택한 보조기에 잘 적응했고, 그 덕분에 수술을 받지 않고도 일상생활을 할 수 있게 되었다. 하지만 그후로 봉봉은 산책을 하러 나가도 잘 걸으려 하지 않는다. 산책하다 다친 탓에 심리적인 두려움이 생긴 것일 수도 있고, 아니면 많이 걷기엔 다리가 아직 불편하기 때문일 수도 있다고 수의사 선생님은 설명했다. 어느 쪽이 사실이더라도 마음이 아팠지만, 내 마음을 더욱 아프게 한 것은 나이가 조금 더 어렸다면 산책할 수 있도록 훈련을 강제하거나 수술 같은 치료를 고려하겠지만, 봉봉의 경우엔 일상생활에 지장이 없다면 그냥 이대로 지내는 게 더 좋을 것 같다는 말이었다. 오랫동안 봉봉을 보아온 수의사 선생님의 말에 애정과 배려가 담겨 있다는 것을 알면서도, 그런 말을 듣고 나면 슬퍼지는 것은 어쩔 수 없는 일이다.

봉봉을 보물처럼 품에 안고 성곽길을 따라 걷는다. 낮은 더웠다는데 다행히 해가 지자 바람이 불고, 강아지는 늘 그렇듯 호기심 어린 눈으로 주변을 둘러본다. 성곽 끝까지 걸었다가 집으로 돌아오는 길, 토끼풀 냄새를 맡으라고 강아지를 잠시 내려놓았는데 지나가던 한 할아버지가 우리에게 다가와 강아지가 몇살인지를 물어본다. 할아버지는 "우리 집에도 개가 하나 있었는데, 작년에 죽었어. 그런데 지금도 그렇게 눈에 밟혀"라고 말하고는 한참 동안 나의 강아지를 내려다보다 다시 가던 길을 천천히 걸어간다. 토끼풀 냄새를 맡는 게 지겨워졌는지 안아달라고 보채는 강아지를 품에 안고, 나 역시 느리게 성곽길을 따라 다시 집으로 걷는다.

초여름, 빛이 사그라지는 시간에는 특유의 정취가 있다. 모든 사물들은 윤곽이 흐려지고, 그 대신 냄새와 소리가 부풀어오른다. 초여름밤 성곽길을 훑는 바람에는 풀냄새와 라일락 냄새가 섞여 있다. 나의 강아지의 동그란 엉덩이를 받쳐 안은 채, 돌담을 따라 조깅하는 사람들, 날렵하게 풀숲으로 몸을 날리는 길고양이들, 목줄이 팽팽해지도록 반려인을 앞질러 달리다가 다른 개를 보면 커다랗게 짖거나 엉덩이 냄새를 맡으려고 달려드는 어린 강아지들을 바라보며 걷다가, 나의 강아지와 처음으로 산책을 시도했던 오래전의 일을 떠올렸다. 아파트 단지 내 화단 위에 내려놓자, 태어나 처음 발바닥에 닿는 흙과 풀의 감촉이 낯선지 걷지를 못하고 그 자리에 굳어 있던 손바닥만 한 몸집의 작고 여렸던 생명체.

고백하자면 나는 처음부터 강아지를 좋아한 사람은 아니었다. 좋아하기는커녕 꽤 오랫동안 강아지를 무서워했다. 언제부터 그렇게 강아지를 무서워했는지는 잊었지만 강아지 때문에 곤란했던 에피소드 몇가지는 생생히 기억하고 있다. 그중 하나는 초등학교 시절 어느 명절 때의 일이다. 그즈음 외갓집에는 강아지 한마리가 생겼다. 푸들이었던 것 같은데, 종이야 뭐였든 간에 강아지를 보자마자 나는 울고불고하며 외갓집에 강아지가 있는 줄 알았다면 오지 않았을 거라고 떼를 써 엄마를 곤란하게 만들었다. 결국 외할머니는 강아지를 작은방에 가두기로 결단을 내리셨다. 그 덕분에 나는 집에 돌아가지 않고 그날 하루 사촌들과 즐겁게 놀 수 있었다. 불행은 작은방 문을 누군가 아무 생각 없이 연 순간 시작되었다. 문틈으로 강아지와 내 눈이 마주친 것은 찰나에 불과했다. 대체 그 강아지는 어떻게 안 것일까? 자신이 갇혀 있어야만 했던 것이 나 때문이라는 사실을. 우리의 눈빛이 교차한 그 짧은 순간 강아지는 모든 것을 파악한 듯 쏜살같이 문틈으로 빠져나왔다. 그리고 누가 말릴 새도 없이 내 등을 물었다. 크게 다치지는 않았지만, 그후로 강아지에 대한 내 공포증이 더욱 커져 나는 강아지 근처에도 가지 못했다.

　　그러던 내가 강아지의 충실한 동거인이 된 것은 십여 년 전의 일이다. 동생이 데려온 갓 태어난 강아지는 주먹만큼 작았고 짖을 줄도 몰라 다행히 무섭지 않았다. 강아지와 함께 살게 된 첫날 밤, 잠을 자려는데 강아지가 방문 밖에서 하염없이 울었다. 어미와 헤어져 낯선 집에서 맞는 밤을 무서워하는 것이 틀림없었다. 그 조그만 아이가 우는 것이 안쓰러워 나는 동생이 거실에 마련해둔 강아지 집 앞에 누워 강아지가 잠들기를 기다려주기로 마음먹었다. 내가 앞장서자 강아지는 그 조그만 발로 열심히 내 뒤를 따라왔다. 하지만 잠들었다고 생각해서 방으로 돌아오면 얼마 안 있어 강아지는 다시 방문 앞에 와서 울었다. 나는 강아지가 불쌍해 하는 수 없이 강아지를 침대 위에 들였다. 처음 만져본 강아지의 몸은 보드랍고 아주 따뜻했다. 뒤척이다가 강아지를 질식시키는 것은 아닐까 걱정하며 나는 그렇게 그날 밤 작은 생명체와 동침했다. 그 이후로 십수년 동안 우리가 계속 침대를 공유하게 될 거라고는 상상도 하지 못한 채. 그 작은 체구로 나의 허벅지 위에 힘겹게 올라와 자리를 잡고 자던 작은 강아지. 아마 그 순간이었을 것이다. 아무런 준비 없이 강아지와 사랑에 빠져버린 것은.

지금의 봉봉은 하루 중 많은 시간을 누워 있거나 자는데 쓰고, 공을 던져달라고 물어 오거나 산책을 하다 새를 봐도 용맹스럽게 달려들지 않지만 아기 강아지였던 시절 봉봉은 작은 말썽꾸러기였다. 어린 시절 반려동물과 살아본 적이 없었던 나와 내 동생은 무척 서툰 보호자였다. 특히 강아지와 같이 살 거라고는 단 한번도 생각해본 적 없던 나는 봉봉이 무럭무럭 자라면서 치는 크고 작은 사고들 앞에서 당황할 때가 많았다. 배변 훈련기간 동안 화장실 앞의 발매트나 작은방 바닥에 실수를 하는 일은 예사였고, 이가 나기 시작한 후로는 바닥에 놓인 연필이나 펜은 무조건 망가뜨렸다. 플러스펜 뚜껑을 물어뜯어 하얀 털 주변에 빨간 잉크를 묻힌 채 나를 보며 해맑게 꼬리를 흔들거나, 도서관에서 대출한 책의 모서리를 너덜너덜하게 만들고 화장실 휴지통을 뒤집어엎던 봉봉. 내 배 위로 거침없이 뛰어

내리고 소파 등받이 위에 고양이처럼 앉아 있기 좋아하던 용맹스러운 아기 강아지는 동생이 사다주는 강아지용 장난감에는 관심이 별로 없었고, 비닐봉지나 휴지, 우리가 신다 벗어놓은 양말을 사냥하며 노는 것을 유난히 좋아했다. 그 때문에 나의 양말에는 언제나 아주 작은 크기의 구멍들이 여기저기에 나 있곤 했다.

에너지가 넘치고 말썽꾸러기다보니 위험한 일을 겪은 적도 많았다. 자장면 빈 그릇을 할머니가 잠깐 베란다 바닥에 내려놓은 사이 자장 소스를 깨끗이 핥아 먹기도 하고—강아지는 짠 음식을 먹으면 안 된다—음식물 쓰레기통을 뒤져, 우리가 먹다 버린 치킨 뼈를 씹어 먹어서—잘게 부서져서 삼키다 식도나 내장에 손상을 입힐 수 있는 닭 뼈 역시 개들이 절대 먹어선 안 되는 음식으로 알려져 있다—우리를 기겁하게 만들기도 했다. 한번은 봉봉이 프라이드치킨을 먹겠다고 식탁 위에 올라가 있었던 적도 있었다. 체구가 작은 봉봉은 침대나 소파에도 혼자 오르지 못하고 매번 올려달라고 낑낑댔기 때문에 먹다 남은 치킨을 식탁 위에 두어도 안전할 거라고 생각했던 게 실수였다. 외출하러 나갔다가 깜박 두고 나온 물건을 찾으러 급히 다시 돌아와보니, 몇십분 전까지만 해도 소파에 올려달라고 나를 보채던 봉봉이 식탁 위에 올라가 있는 게 아닌가? 도대체 그 조그만 아이가 어떻게 식탁 위까지 올라간 것인지 놀라웠고 저러다 다쳤으면 어쩌나 심장이 쿵 내려앉았지만 동시에 또 얼마나 웃음이 나오던지. 치킨을 꺼내 문 채 나를 돌아보며 '너 왜 벌써 왔어?' 하는 듯한 눈빛으로 당황해하던 얼굴이란.

집으로 돌아오는 길, 봉봉을 품에 안고 걷는 내 옆으로 목줄을 하지 않은 강아지 두마리가 반려인을 앞장서서 달려간다. 저만큼 달려가는 강아지들을 보면서 오래전 딱 한번이지만 봉봉이 그렇게 야외를 달렸던 날을 생각한다. 봉봉이 산책에 익숙해졌을 무렵, 자유롭게 뛰어놀다가 반려인이 부르면 쏜살같이 달려오는 개에 대한 로망을 지니고 있던 동생과 나는 여러번 망설인 끝에 어느 날 목줄을 풀어줘보기로 마음먹었다. 봉봉이가 잘 걸을까? 부르면 우리한테로 올까? 처음엔 무슨 일인지 영문을 알 수 없어하며 가만히 있더니 몇초 후 난생처음 자신이 완벽히 자유로운 상태에 놓여 있다는 걸 깨닫고는 한번도 본 적 없는 속도로 달리기 시작했던 봉봉. 주체할 수 없는 자유를 만끽하려는 듯, 세상에 대한 두려움 같은 것은 모른다는 듯, 봉봉은 당황한 우리가 아무리 이름을 불러도 절대 돌아보지 않고 그저 신이 나서 달렸다. 동생과 나의 협공으로 금세 잡혀 두번 다시 목줄 없이는 산책을 하지 못하게 되었지만.

이제는 어디로든 전력을 다해 달리지 않지만 예전보다 훨씬 깊고 다정한 눈을 지니게 된 나의 강아지가 안긴 자세가 불편한지 엉덩이를 움직인다. 봉봉아, 눈부시게 철없고 해맑던 우리의 날들은 어느 사이에 저만큼 멀리 달아났을까? 영원할 줄만 알았던 그 많은 날들은. 나는 걸음을 멈추고 강아지의 동그란 정수리에 입을 맞추며 기도하듯 속삭인다. 우리에겐 아직 많은 날들이 남아 있다고. 내가 이름을 부르자 무슨 일이냐며 봉봉이 나를 올려다본다. 나의 강아지, 나의 천사, 언제나 나의 초라한 정원을 환하게 만들어주는 작은 꽃. 봉봉아. 너의 심장이 조금씩 지쳐가고 관절과 인대가 조금씩 닳아가는 것을 확인할 때마다 나는

네가 뜻하지 않게 내 인생에 걸어 들어와 나에게 주었던 그 많고 많은 기쁨들을 생각해. 그럼에도 불구하고 너에게 더 잘해주지 못했던 것이 미안해질 앞으로의 그 많고 많은 날들에 대해서도.

일기 1

모처럼 볕이 좋아 테라스 창문을 열려고 나가보
니 우리 집 현관 앞 계단, 길고양이가 즐겨 앉았다
가는 그 계단 위에 광고 전단지를 붙이러 다니시는
아주머니 한분이 앉아서 쉬고 계신다. 창문을 열다
말고 한참 동안 아주머니의 정수리를, 전단지로 부
채질하시는, 그러다가 어딘가를 멍하니 바라보시는
그 뒷모습을 지켜보았다.

아주머니는 이윽고 일어나 전단지 뭉치를 챙겨
골목 안쪽으로 사라지고 나는 쉬시는 데 방해될까
열지 못했던 창문을 활짝 열었다. 창을 여니 빛과 바
람이 쏟아졌다. 열어둔 창밖의 하늘은 호수처럼 깊
고 푸르고 빨래들은 범선의 흰 돛처럼 바람에 펄럭

이는데, 그제야 내려가서 물이라도 한잔을 드렸어야 하는데 나는 왜 이 모양인가, 후회가 밀려온다. 언덕 위까지 올라오시려면 힘드셨을 텐데. 그래서 남의 집 앞에 그렇게 하염없이 앉아 계셨을 텐데. 창문을 열지 않았던 것은 누구를 위한 망설임이었을까. 창을 열어두고 내려오니 아주머니가 현관문 위에 붙이고 가신 전단지가 바람결에 문을 두드린다. 노크 소리처럼. 그때마다 나의 강아지는 누가 찾아왔다고 나를 향해 꼬리 흔들며 짖고, 나는 강아지의 순한 이마를 쓸어내리며 이미 문밖엔 아무도 없다고, 다음엔 꼭 문을 열어보자고 말한다.

일기 2

산책을 나가도 혼자서는 더이상 걷지 못하는 봉
봉을 품에 안고 걸었다. 봉봉의 한쪽 다리가 마비되
어 넘어지기 시작한 이후 봉봉이만 두고 외출을 한
적이 거의 없는데 내일은 세시간 정도 나갔다 와야
해서 마음이 불안하다. 지난 몇주 동안 혹시라도 내
가 외출해 있을 때 봉봉이 혼자 화장실에 가다가 넘
어질까봐 화장실 갈 때마다 쫓아다니며 내가 만들어
준 간이 계단을 천천히 딛고 오르내리는 연습을 시
켰다. 화장실에 들어가고 나서도 바닥에서 넘어질까
봐 언제라도 붙잡을 태세를 하고 옆에 쭈그리고 앉
아 있었다. 나는 봉봉이 문턱이 있는 화장실을 드나
드는 대신 차라리 방 안에서 볼일을 보았으면 싶고,

그래서 배변패드를 사서 방 안에 깔아두었지만 봉봉은 언제나 연약한 몸을 일으켜 화장실에 간다. 넘어질까 걱정되어 쳐다보는 나에게 '나에게도 프라이버시는 여전히 중요하다고' 하는 듯한 눈빛을 보내며 내가 고개를 돌려 시선을 피할 때까지 볼일을 보지 않고 가만히 기다린다. 나였다면 그만큼 넘어지고 난 후엔 걷는 걸 포기했을 것 같은데 봉봉은 그렇게나 넘어지고도 어김없이 일어나 또다시 걷는다. 삶을 향한 의지라는 것은 그렇게 쉽게 꺾이지 않는다는 걸 내게 가르쳐주려는 듯이. 봉봉과 함께 산 이후 나는 돌봄이란 건 언제나 상호적이고, 반려인과 반려동물의 관계는 서로에게 각자의 우주를 보여주는 것일 뿐이라는 걸 배웠다.

산책에서 돌아오는 길, 나는 봉봉에게 속삭였다. 봉봉아, 저게 반달이야, 아름답지? 앞으로도 더 많은 반달을 함께 보자. 봉봉은 집에 오자마자 휘청이면서도 혼자 씩씩하게 화장실로 걸어갔다. 우리의 이별은 필연적이겠지만 지금은 우리가 둘 다 살아 있다는 사실을 나에게 일깨워주려는 듯이. 미래에 당도할 슬픔에 쉽게 마음을 내맡기는 대신 최선을 다

해 지금의 '함께 살아 있음'을 살아내야 한다는 것을
나는 오늘도 그 작은 몸을 통해 배운다.

어제는 해 질 무렵 하얀 나비 한마리가 집 안을 날아다니는 걸 발견했다. 창문을 열어놓지도 않았는데. 나비는 나갈 생각도 하지 않고, 커다랗게 거실을 한바퀴 돌더니 천장에 가만히 앉아 있다. 어제는 봉봉이 무지개다리를 건넌 지 일주일이 된 날이었다. 봉봉이 떠난 이후 줄곧 봉봉의 영혼이 다른 형태로라도 내게 돌아왔으면 좋겠다고 말하던 나는 그 나비가 혹시 봉봉일까봐 밥을 먹다가도, 물을 마시다가도 가만히 들여다보고 말을 건다. 너 혹시 봉봉이니? 나비에게는 무엇을 주어야 하는 걸까. 꽃이 피어 있는 화분이라도 하나 사줘야 하는 걸까. 내가 슬퍼하고 있으면 늘 내 곁으로 다가와 위로를 주었던 나

의 다정한 강아지가 혹시 나를 걱정해 나비의 모습
으로 내 곁에 머무는 걸까봐 나는 다시 힘을 내보기
로 한다.

일기 4

아직 어린, 두돌도 안 된 나의 조카가 집에 놀러
와서 방에 있는 강아지 캐리어를 보고 "이거 뭐야?"
한다.

"이건 강아지 가방이야. 봉봉이 알지? 봉봉이 가
방."

"봉봉 어디?"

"봉봉이는 코 자고 있어."

그러자 조카가 말한다.

"봉봉 일어나. 봉봉 나와."

"봉봉이는 못 나와, 봉봉이는 코 자야 해."

조카가 또 말한다.

"봉봉 일어나. 강아지 깨워."

그러게, 아가야.

이모도 그럴 수 있으면 정말 좋겠어.

슬픔이 가르쳐준 것

빗소리가 유난히 가까이에서 들려오는 오후다. 무릎 위에서 꾸벅꾸벅 졸고 있는 강아지를 보는 일의 애틋함. 따뜻한 무게감을 가만히 느끼고 있으려니 어쩐지 어김없이 울고 싶어진다.

사랑하는 나의 첫 강아지 봉봉을 지난가을 무지개다리 건너로 떠나보낸 이후, 슬픔은 일상이 되었다. 부재는 도처에 있었다. 봉봉이 앉아 쉬던 방석 위에, 다리에 힘이 없어진 이후 걸려 넘어지곤 하던 화장실 문턱에, 코트 주머니 속에 넣어두었던 간식에, 봉봉과 같이 걷던 산책길 위에. 더이상 봉봉을 볼 수도, 봉봉이 내는 소리를 들을 수도 없다는 걸 머리로는 이해했지만 마음은 좀처럼 받아들이

지 못했다. 떠나보낸 뒤 나는 거의 매일 밤 봉봉의 꿈을 꾸었다. 꿈속에서 봉봉은 기력이 없었으나 숨이 붙어 있었고, 나는 생각했다. '이것 봐, 봉봉이는 살아 있잖아. 수의사 선생님이 틀렸어.' 나는 꿈속에서 봉봉을 어떻게든 다시 살리려고 애를 썼지만 번번이 실패했다. 괴로워하다 깨어나면 캄캄한 방 안은 텅 빈 사막이었고, 무덤 속이 되었다. 그렇게 어둠 속에 누워 있다보면 나는 혼자 있는 걸 무척 싫어했던 사랑하는 강아지가 어디선가 홀로 외롭게 울고 있을까봐 어김없이 두려워져 견딜 수가 없었다.

봉봉을 잃은 이후, 많은 위로의 말들을 들었지만 그 어떤 말도 봉봉이 혼자 아프거나 외로울까봐 걱정되는 내 마음의 짐을 더는 데는 도움이 되지 않았다. 도움이 되기는 커녕 육체가 없어졌으니 더이상 아프지 않을 거라는 말 따위를 들으면 화가 나곤 했다. 아무도 사후세계를 경험해보지 못했으면서 어떻게 봉봉이 잘 있을 거라고 말할 수 있는지 납득이 가지 않았다. 잘 있는지 아닌지 전혀 알 수 없는데 봉봉이 더이상 아프지도 외롭지도 않을 거라고 믿어

버리는 건 그저 내가 살기 위해 스스로에게 들려주는 거짓말일 뿐인 것 같았다. 그렇게 나를 위해 거짓말에 속아 넘어가 아무렇지 않은 듯 살 수는 없었다. 봉봉을 배신하고 기만하는 일인 것만 같았으니까. 봉봉이 어딘가에서 고통과 두려움 속에 떨고 있을지도 모르는데 나 혼자 웃고 멀쩡히 살아가다니. 그건 잘못되어도 한참 잘못된 일이었다. 어느 날, 내 말을 들은 누군가는 사후세계를 경험해보지 못한 건 나도 마찬가지이고, 봉봉이 괴로울지 아닐지는 아무도 모르는데 대체 왜 낙관적인 가능성은 차단한 채 부정적인 생각에만 골몰하느냐고 물었다. 글쎄, 왜일까. 그때 나는 그의 질문에 답할 말을 찾지 못했다. 이제 와 생각해보면 나는 봉봉을 지키는 데 실패하고 나 혼자만 살아남은 스스로를 벌하고 싶은 것인지도 모르겠다.

육체가 사라졌으니 이제 더이상 아프지 않을 거라는 말은 진위를 확인할 길이 없다는 이유에서 공허하긴 하지만 애도하는 이에게 건네줄 수 있는 위로 중에선 그나마 무난한 편이다. 어떤 사람들은 상심한 나에게 그보다 조금 더 당혹스러운 말들을 건네기도 했다. "이제 명절에 올 수 있게 됐네. 좋은 쪽으로 생각해." 봉봉이 떠난 당일, 울고 있는 내게 건넨 아빠의 위로라든가—봉봉이 상태가 몹시 좋지 않아 추석에 가지 못할 것 같다고 말해놓은 터였다— 봉봉을 떠나보낸 후 한달이 넘도록 단 한번도 내게 마음이 괜찮은지 묻지 않던 엄마가 어느 날 한 "엄마가 죽어도 그 정도는 안 울겠다 싶더라"라는 말은 그 안에 전혀 악의가 담겨 있지 않다는 걸 알면서도 나를 아프게 했다.

어째서 우리는 슬퍼하는 사람 앞에서 수없이 많은 실언을 하고 빈껍데기 같은 말만을 건네는 걸까? 지난겨울엔 슬픔이나 애도에 관한 책들을 몇권 읽었는데 그중 수없이 많은 장례를 집도해온 랍비 델핀 오르빌뢰르의 책을 읽다가 나는 그 답을 발견했다.

> 아무도 죽음에 대해 말할 줄 모른다. 아마도 그것이 죽음에 대해서 내릴 수 있는 가장 정확한 정의일 것이다. 죽음은 말을 벗어나는데, 죽음이 정확히 발화의 끝에 도장을 찍기 때문이다. 그것은 떠난 자의 발화의 끝일 뿐 아니라, 그의 뒤에 살아남아 충격 속에서 늘 언어

를 오용할 수밖에 없는 자들의 발화의 끝이기도 하다. 애도 속에서 말은 의미작용을 멈추기 때문이다. 의미 있는 것이 더이상 없음을 전하는 데에만 종종 쓰일 뿐이다.

— 델핀 오르빌뢰르 『당신이 살았던 날들』,
김두리 옮김, 북하우스 2022, 139면.

사람들이 그토록 서투른 말들을 건네는 이유는 죽음에 대해서 말하는 법을 알지 못하기 때문이다. 나는 오르빌뢰르의 문장을 읽으며 사랑하는 이를 잃은 사람 앞에서 제대로 된 위로의 말을 건넬 수 있는 사람은 이 세상에 존재하지 않는다는 걸 이해하게 됐다. 죽음은 너무나도 커다란 상실이자 슬픔이고, 그것을 담기에 언어라는 그릇은 언제나 너무나도 작다.

모든 것에 예민해지고, 촉각과 시각과 청각이 잠에서 깨어난다. 슬픔에 잠긴 사람들은 전에 없이 날카로운 촉수를 얻는다. 사랑하는 이를 잃은 모든 존재는 단 하나의 부

재로 하루아침에 낯설어진 세상의 변화를 온몸에 아로새
긴다.

　기쁨은 선명하고도 투박한 감정이다. 누군가에게 기
쁜 일이 생겼을 때 우리는 그 사람이 느끼는 기쁨의 고유
한 결과 무늬를 정확히 알지 못해도 함께 기뻐해줄 수 있
다. 다른 이가 겪고 있는 그 기쁨을 똑같이 경험해보지 못
했더라도 나는 내가 알고 있는 기쁨으로 미루어 상대의 마
음을 짐작해도 되고, 그가 실제로 느끼는 기쁨과 내가 짐작
하는 기쁨 사이에 간극이 있더라도 아무런 문제가 생기지
않는다. 기쁨 앞에서 우리는 쉽게 관대해지기 때문이다. 하
지만 슬픔의 경우엔 그렇지 않다. 상대의 슬픔에 공감하는
일에 번번이 실패하는 이유는 기쁨과 달리 슬픔은 개별적
이고 섬세한 감정이기 때문이다. 우리는 저마다 자신만의
방식으로 슬픔을 겪어낼 수밖에 없는데, 그건 슬픔에 잠긴
사람의 마음이란 살짝 스치기만 해도 쉽게 긁히는 얇은 동
판을 닮아서다. 슬픔 앞에서 사람들은 자신이 겪고 있는 감
정과 타인의 감정이 끝내 포개지지 않는다는 사실에 더없
이 예민해지고, 슬픔이 단 한 사람씩만 통과할 수 있는 좁

고 긴 터널이라는 걸 깨닫게 된다. 그럼에도 사람들은 슬픔에서 빠져나온 이후엔 그 사실을 잊은 채 자신이 겪은 슬픔의 경험을 참조하여 타인의 슬픔을 재단하고, 슬픔 간의 경중을 따지며, 자신이 이해할 수 없는 이유와 크기로 슬픔에 빠져 있는 사람에게 이제 그만할 때가 되었다고 쉽게 말한다.

열네살에 어머니를 유방암으로 잃고 성인이 된 이후까지도 상실감을 느끼는 자신을 이해하기 위해 애도에 관한 책들을 쓰기 시작한 호프 에덜먼은 주변에서 그녀에게 아무 생각 없이 던지는, "39년이 지났는데 아직도 극복을 못한 거야?"『슬픔 이후의 슬픔』, 김재경 옮김, 다산초당 2022, 12면라는 질문으로 그녀의 저서를 시작한다. 하지만 슬픔을, 그것도 사랑하는 존재와의 사별에서 기인한 슬픔을 대체 어떻게 극복할 수 있단 말인가? 사랑하는 존재의 죽음은 "인생이라는 육상경기 중 뛰어넘어야 할, 그리고 다시는 돌아보지 말아야 할 허들"13면이 아닐 텐데.

17년이 넘는 시간 동안 매일 같은 침대에서 잠을 자고 늘 함께 붙어 지낸 가족을 잃었는데도 내가 떠나보낸 존재가 사람이 아니라 강아지라는 이유로 어떤 이들에게 나의 슬픔은 전혀 이해될 수 없는 것이었고, 그런 사람들과 마주할 때면 전에 없이 외로워졌다. 하지만 어떤 사람들은 아주 특별한 방식으로 내게 위로를 건넸다. 내가 당신의 슬픔을 다 이해한다거나 내가 가진 슬픔에 비하면 당신의 슬픔은 아무것도 아니라고 주장하는 대신, 당신의 슬픔을 내가 똑같이 느낄 수는 없겠지만 그렇더라도 당신이 혼자라고 느끼지는 않길 바란다고 마음을 전하는 사람들이 있어, 찬바람이 조금만 불어도 곧 꺼질 것 같은 촛불처럼 위태롭고 시도 때도 없이 마음이 사나워지던 계절들을 통과해올 수 있었다.

어느 날이었다. 이웃에 사는 E언니가 나에게 유기견을 키워볼 생각이 없느냐고 물었다. 어머니가 홀로 사시는 게 외로워 유기견을 입양하셨는데 막상 키워보니 힘에 부쳐 파양하려 하신다는 것이다. 이미 한차례 파양된 적 있다는 유기견이 또 파양되는 것이 안쓰러워 며칠간 고민했지만 새로운 강아지를 키우기엔 내 마음이 전혀 준비되어 있지 않다는 결론에 이르렀다. 결국 그 유기견은 E언니가 맡아 키우게 되었는데, 혼자 사는 언니가 직장에 가 있는 동안 홀로 좁고 어두운 집에 우두커니 있을 어린 강아지를 생각하면 안쓰러운 마음이 들었다. 봉봉을 떠나보낸 후 강아지와 같이 지낸 적이 없어 걱정이 되었지만 언니의 외출이 길어질 때면 우리 집에 데려와 이따금씩 봐주기로 한 것은 그 때문이다.

지금 우리 집엔 유기견이었던 강아지 똘이가 처음으로 와 있다. 똘이를 데리러 가기 전 나는 봉봉의 물건들을 모두 치웠다. 조금 괜찮아진 줄 알았는데, 막상 강아지를 데리고 오기로 한 날이 되자 봉봉이 쓰던 물건들에 다른 강아지 냄새가 배는 게 싫었던 것이다.

태어난 지 이제 8개월 된 똘이는 오래전 나의 강아지가 그랬듯 힘이 넘치고 천방지축이다. 끊임없이 안아달라고 보채는 강아지를 무릎 위에 앉혀놓고 책을 읽고 글을 쓰다 오랜만에 느끼는 묵직한 온기에 내가 떠나보낸 강아지가 떠올라 결국 조금 울고 만다. 마음이 이렇게 아플 것을 알면서도 혼자 우두커니 집을 지키고 있을 강아지의 마

음을 염려하게 된 건 봉봉이 내게 어린 존재들을 사랑하는
법을 가르쳐주었기 때문이다. 봉봉을 잃고 한없는 슬픔의
시간을 통과하며 내가 다른 존재의 슬픔에 조금 더 예민해
지고 상대의 마음에 주파수를 맞춰야 한다는 걸 배웠기 때
문이다. 가만히 손을 뻗어 새끼 강아지의 등을 쓰다듬어본
다. 내 무릎 위에 자리 잡은 강아지는 어느새 깊이 잠들어
있다. 강아지의 얼굴은 근심이란 걸 모르는 듯 천진하다.
지금 네게 사랑을 주는 게 내가 아니라 봉봉이란 걸 너는
아는지?

봉봉은 언제나 이렇게 내게 돌아온다. 몇번이고 다시.
이 세상 가장 아름다운 것으로. 한없는 사랑의 형태로.

다시 운동화를 신고

　걷는 걸 좋아하는 편이지만 여행지에서 걸을 때와 서울에서 걸을 때 나의 태도는 퍽 다르다. 여행지에서 나는 지도를 잘 보지 않는다. 워낙 심한 방향치라 길을 잃을 것이 필연적인데 크게 걱정하지도 않는다. 길을 잃고 헤매다 만나게 되는 뜻밖의 풍경들 앞에서 나는 어린아이처럼 천진해지기 때문이다. 보물찾기를 하는 아이처럼, 겁 없는 탐험가처럼 나는 호기심에 이끌려 기꺼이 성큼성큼 지도 밖으로 걷는다. 운동화 밑창이 닳고 다리가 아파올 때까지. 헤어질 시간을 미루느라 집이 코앞인데도 일부러 골목을 배회하는 애틋한 연인들처럼 나는 목적지에서 멀어지는 것도 개의치 않고 즐거운 마음으로 기웃거리며 헤맨다.

하지만 서울에서 나는 반대로 길을 잃을까봐 전전긍긍하는 사람이 된다. 언어가 통하니 길을 잃는다 해도 누군가에게 물어보기만 하면 해결될 일이라는 걸 알면서도 그렇다. 이 도시에서 내가 지도 앱에 목적지를 입력한 후 휴대전화를 보느라 고개를 푹 숙인 채 걷고, 집 앞 편의점에 가거나 산책할 때조차 이미 걸어본 길로만 걷는 건 시간을 낭비하고 싶지 않은 마음에서라는 걸 안다. 이 도시의 사람들은 모두 하나같이 바쁘고 한눈을 팔지 않으니까. 잠깐 멈춰 서면 뒤에서 걷던 사람과 부딪치거나 싫은 소리를 듣기 일쑤니 나 역시 덩달아 서두르게 되는 것이다. 목적지를 입력하는 약간의 시간과 노력만 들이면 최적화된 동선을 알려주는 앱이 있는데 굳이 헤매다니. 모든 것이 빠르게 돌아가고 효율성을 극대화하는 것이 덕목인 세상에서 그런 수고로움과 고단함을 기꺼이 택한다는 건 어쩐지 어리석게 보일 것만 같다.

하지만 얼마 전부터 나는 다시 길을 잃어보기로 했다. 사랑하는 존재를 느닷없이 하늘나라로 떠나보내고 깊은 슬픔에 잠겨 있던 내가 일상을 다시 살아낼 힘을 얻기 위해 스스로 내린 처방이었다. 나는 아침에 눈을 뜨면 대충 요기를 한 후 운동화를 구겨 신고 집 밖으로 나섰다. 동네를 산책하기로 결심했을 때 내가 정해놓은 규칙은 단 하나. 갈림길이 나오면 한번도 가보지 않은 길을 택해 발걸음을 옮길 것.

그런 식으로, 평소에 즐겨 걷던 잘 정비된 산책로가 아닌 좁고 어지러운 골목들을 걸으면서 나는 슬픔을 조금씩 덜어냈다. 저층의 빌라들이 빼곡한, 가뜩이나 좁은데 세워둘 공간이 없어 불법 주차한 차량들 때문에 더욱 어수선한 골목들이었다. 한쪽에선 재개발이 이미 시작되었고, 다른 쪽에선 재개발 추진 동의서를 받는다며 현수막을 붙여놓은 풍경이 심란해 나는 평소 그 골목들을 피해 일부러 큰길로만 다녔다.

하지만 지도 앱도 켜지 않고 처음 걸어본 골목들은 뜻밖에도 심란함이 아니라 나에게 새로운 즐거움을 안겨주었다. 각양각색의 꽃 화분들을 오밀조밀하게 창가에 올려놓은 수선집—'시다 구함'이라고 크게 적혀 있다—이나,

뜻밖의 공간에 놓여 있는 길고양이들의 쉼터 같은 것들을 날마다 발견하는 재미가 쏠쏠했다. 나는 걷다가 우연히 마주친, 테이블이 네개밖에 없는 국수집에서 허기를 달랬고 간판도 없는 달걀 가게를 기웃거렸으며─달걀만 파는 가게라니, 그런 게 세상에 존재했단 말인가!─미래를 알려준다고 써 붙여놓고는 볼 때마다 부재중인 점집을 지나면서 미래는 역시나 영영 알 수 없는 것인가보군, 생각했다.

재개발 공사하는 소리는 저 멀리서 시끄러웠지만, 아직 남아 있는 골목들은 한낮에도 고요했다. 산책을 하면서, 멀리서는 칙칙해 보이는 골목들이 가을볕 아래 색연필로 칠한 그림처럼 알록달록하게 되살아나는 마법을 나는 목격했다. 쓸모와 효용이라는 물감으로 짙게 덧칠한 색안경을 벗고 나서야 비로소 보이는 빛깔들. 나는 빛을 채집하는 사람처럼, 저층 빌라들 틈새의 좁은 마당 위로 익어가는 감의 주홍빛과 누군가가 창가에 매달아 말리는 고추의 붉은 빛을 눈에 담았다. 쇠락한 벽돌 담벼락 위로 일렁이는 가을빛을 나침반 삼아 걷는 날들이 쌓일수록 나뭇잎의 색이 바뀌고 하늘의 색은 깊어졌다.

산책의 시간은 길면 길수록 좋다. 그렇지만 어스름이 밀려오고 지붕 위로 어둠이 몸을 드리우기 시작하면 집으로 돌아갈 수밖에. 사뿐사뿐 산책을 마치고 집으로 돌아오는 길, 저 멀리서 포효하는 포클레인 소리가 들려오면 발걸음은 마음을 따라 다시 무거워지곤 했다. 우산을 펴면 양쪽으로 오갈 수도 없는 좁은 골목에서는 더이상 못 살겠다고 현수막을 써서 동네 여기저기에 붙이는 사람에게도, 정든 동네를 떠나면 서울 하늘 아래 갈 곳이 없다고 말하는 사람에게도 다 저마다의 사정이 있을 것이다. 그리고 개개인의 사정이 어떠하든, 서울은 낡은 것들을 하찮게 여기는 도시니까 앞서 사라져버린 수많은 골목들처럼 아마도 언젠가는 우리 동네의 많은 골목들도 편리성과 효용성이라는 깃발 아래 헐릴 것이다.

언젠가 나의 친구는 하찮은 물건조차 좀처럼 잘 버리지 못하는 나에게 예술가는 쓸데없는 것들을 사랑하는 사람들인가보다,는 말을 해준 적이 있다. 그건 잘 모르겠지만, 내가 아는 건 아름다움은 획일적이지 않다는 것이다.

똑같은 형태의, 똑같은 무늬의 아름다움은 얼마나 뻔하고 재미없는지. 새로운 것들은 멋쟁이 친구처럼 세련됐지만, 시간을 버텨낸 것들은 과묵한 친구처럼 듬직하다. 나는 편리함이나 쾌적함이 주는 선명한 기쁨만큼이나 낡고 오래된 것이 주는 은은한 기쁨을 아낀다. 오래된 것이 아름다운 건 시간을 품었기 때문이다. 나에게는 사람이나 동식물처럼 생명을 지닌 것이든 공간처럼 그러지 않은 것이든, 무언가가 품위와 존엄을 가질 수 있는 건 수많은 상실과 슬픔을 견디며 쌓아올린 세월의 무게가 있기 때문이라는 믿음이 있다. 시간을 견뎌낸 것들은 그것만으로도 존중받을 만한 가치가 있다.

내일은 또 어디를 걸어볼까? 걷는 일이 마음을 치유하는 데 도움이 되는 건, 나 자신도 내가 겪은 고통도 결국엔 커다란 세상을 이루는 일부에 불과하다는 걸 깨닫게 해주기 때문인지도 모르겠다. 그렇다면 가능한 한 멀리. 나는 여전히 아침마다 운동화를 찾아 신는다. 사라지기 전에 눈에 담고 싶은 풍경들이 있고, 걷고 싶은 골목들이 있어서다.

안녕, 나는 길을 걷다 마주치는 아기 고양이와 하얀

나비와 구름에게 인사를 건넨다. 방향을 잃어서 똑같은 가게 앞을 세번이나 지나쳐도 스스로의 어리숙함을 책망하는 대신 웃어주고, 낡은 의자를 내다놓고 골목에서 조는 노인과 소소한 대화를 나눈다. 작은 창문 너머 살고 있는 사람들이 저마다 품고 있을 이야기를 상상하고 피아노 교습소에서 들려오는 서툰 멜로디에 귀를 기울인다.

아름다움이 무엇인지 한마디로 정의하는 것은 내 능력 밖의 일이겠지만 슬픔이 너무 커서 세상에 대해 원망만 가득했던 마음이 찬란한 가을 햇살 속에서 맞닥뜨리는 어떤 풍경들에 황홀함으로 물드는 걸 느낄 때마다 나는 아름다움은 어쩌면 삶을 닮은 것일지도 모르겠다는 생각을 한다. 그리고 정말 그렇다면 정해놓은 목적지도 없이 팔랑팔랑, 느릿느릿 걷는 매일매일이 쌓이는 동안 내 눈길이 오래 머무는 모든 것의 이름 또한 틀림없이 '아름다움'일 것이다. 아름다움은 도처에서 저마다의 빛을 품은 채 자라고 있다.

초여름 산책 2

마른 꽃이 붙은 편지 봉투 하나가 책상 위에 놓여 있는 걸 발견했다. E언니가 놓고 간 그 엽서에는 성령강림절을 맞아 나를 위해 '성령의 열매'를 하나 뽑았다는 이야기가 적혀 있었다. 얼마 전, 똘이를 산책시키고 돌아오는 길에 언니가 우리 집에 들러 오랜만에 똘이와 시간을 보낼 수 있었다. 유기견이었던 똘이는 한달가량 못 본 사이 털이 많이 자랐고 훨씬 더 활발해졌다. E언니가 똘이와 함께 살기 시작할 무렵 똘이는 언니와 나를 공평하게 대했다. 그런데 한달 사이, 언니와 나를 대하는 똘이의 태도는 놀랄 만큼 달라져 있었다. 똘이는 여전히 나에게 잘 다가왔지만 언니를 끊임없이 의식했고, 나와 놀다가도 언니에게 장난감을 물고 갔다. 그런 변화가 내게는 무척 다행스럽게 느껴졌다. 파양에 파양을 거듭해 여러 사람의 손을 타며 그 누구와 함께 있어도 소속감을 느끼지 못했던 뚤이가 이제는 마음을 온전히 주고 의지할 수 있는 가족으로 E언니를 인식한다는 의미일 테니까.

다시 여름이 왔고, 산책객이 늘어났다. 여름이 오면 나는 냉동실 가득 생수를 사다 얼린 후, 동네 입구에 파라솔을 가져다놓고 앉아 산책객들에게 얼음물을 한병씩 팔면 어떨까 하는 엉뚱한 상상을 하곤 한다. 비탈길을 한참 오르느라 다들 목이 마를 텐데. 물론 실행에 옮기진 못하고, 나는 그저 모자를 쓰고 땀을 흘리며 언덕을 오르는 사람들을 바라볼 뿐이다. 아이들이 왁자지껄한 소리를 내지르며 산책로를 달린다. 개들이 컹컹, 소리를 내며 짖고 새들이 지저귄다. 나는 산책객을 피해 동네 안쪽, 구불구불한 골목길 쪽으로 발길을 옮긴다. 걷기에 조금도 용이하지 않고 가파르거나 비좁기만 한 시멘트길 쪽으로. 비 예보가 있지만 오늘도 건조하고 골목은 열기 속에서 고요하다.

얼마 전엔 이렇게 골목을 걷다가 뜻밖의 장소에서 그릇들을 본 일이 있었다. 누군가의 집 담벼락 아래였다. 담벼락엔 붓글씨로 '넘치는 물건 여기에 두고 필요하신 분 가져가세요'라고 쓴 하얀 종이가 붙어 있었다. 나는 그 집에 어떤 사람이 사는지 알지 못했고, 어째서 그런 글을 써 붙였는지도 알 수 없었다. 하지만 나는 그 담벼락 아래 놓인 분홍색 컵과 연두색 컵, 하얀 접시들과 유리로 된 접시들을 쭈그리고 앉아 한참 동안 들여다보았다. 누군가와 한 시절을 보냈고, 이제 다른 누군가와 새로운 한 시절을 보내기 위해 만남을 기다리던 사물들. 그 양지바른 담벼락엔 자신에게 쓸모가 다했다는 이유로 사물을 함부로 내버리지 않는 한 사람의 마음이 있었다.

초여름에 가장 걷기 좋은 시간대는 해 질 녘이다. 많은 원고 노동자들처럼 허리가 몹시 아파 오래 고생을 한 이후 도수치료사의 조언에 따라 일정 시간을 내 더 열심히 걷고 있지만, 그 시간은 내가 글을 계속 쓰기 위해 억지로 하는 '운동'일 뿐 산책의 시간이라고는 할 수 없다. 산책이란 모름지기 '어슬렁어슬렁'과 '기웃기웃'의 리드미컬한 변주로 이뤄진 행위니까. 산책을 할 때가 되었다고 나를 유혹하는 건 언제나 초여름 저녁의 햇빛이었다. 책상 겸 식탁에 앉아 원고를 쓰고 있다보면 언덕 위의 집으론 석양의 빛이 스며들어온다. 빛은 황금색에 가까웠지만 그보다는 붉었고 점차 내 책상 가까이까지 다가왔는데, 그러면 나는 그렇게 서쪽의 빛이 시시각각 집 안에 스며드는 걸 황홀하게 바라보다가 나의 늙은 개를 데리고 산책을 나가곤 했다. 걷는 걸 힘들어하는 나의 개를 품에 안고 성곽길을 따라 한참을 걷다가 벤치를 만나면 둘이 나란히 앉았다. 천가방에 넣어간 물병을 꺼내어 물을 사이좋게 나눠 마셨다. 그렇게 둘이 오래도록 앉아 어디서부터 오는지 알 수 없는 여름의 밤이 가까이 다가오는 기척을 숨죽이고 느끼는 일을 나는 참 좋아했다.

　잘 따라오고 있니?
　나의 개와 산책을 하던 성곽길을 이제 더는 혼자서 걸을 수 없지만, 비좁은 골목 사이를 거닐며 오늘도 마음속으로 나의 개에게 말을 걸고, 그러면 나의 개는 하얀 귀를 펼

럭이며 나를 따라온다. 그렇게 봉봉과 마음으로 함께 산책
을 할 때면 저절로 떠오르는 시가 있다.

> 퍼시는 킁킁 냄새를 맡을 때면 세상 모든 것에
>
> 기쁨을 느끼는 것 같았으니까.

> 퍼시는 병이 날 때마다 이겨내고 또 이겨냈으니까,
>
> 이겨낼 수 있을 때까지 이겨내고는 떠났으니까.
>
> ─메리 올리버 「나는 나의 개 퍼시를 생각하게 될 테니까」 부분,
>
> 『개를 위한 노래』, 민승남 옮김, 미디어창비 2021, 57면.

이 시가 실린 시집을 처음 갖게 되었을 때, 나는 이 시
만큼은 일부러 읽지 않았다. 그때 이미 봉봉은 많이 쇠약
해 있었고, 나는 개와의 이별을 언급하는 어떤 글이나 영
화도 볼 마음의 준비가 되어 있지 않았다. 내가 이 시를 찾
아 읽을 용기를 낼 수 있었던 건 아주 최근의 일인데, 읽다
가 깜짝 놀라지 않을 수 없었다. 이 시의 마지막 구절 때문
에. "나는 자주 구름 속에서 퍼시의 형상을 보고 그건 나에

게 한없는 축복이니까."[60면] 봉봉이 떠난 이후 구름에서 봉봉을 찾는 건 나의 일이기도 했으니까.

봉봉을 떠나보낸 그 저녁, 봉봉의 흔적이 사방에 가득한 집에 돌아갈 수가 없어 택시를 타고 낯선 공원으로 가 한참을 걸었다. 그러다 문득 하늘을 보았는데, 석양으로 물든 하늘에 아주 커다란 구름이 떠 있었다. 그건 놀랍게도 폴짝폴짝 뛰는 봉봉의 형상과 꼭 닮은 구름이었다. 내 눈이 이상해진 걸까? "저 구름 좀 봐." 나의 말에 Y가 내 시선이 머무는 곳을 올려다보더니 감탄하듯 말했다. "봉봉이가 뛰어다니고 있네!" 그후로 나는 날마다 하늘에 떠 있는 봉봉 모습의 구름을 찾는다.

너는 첫눈처럼 새하얀 털을 지녔으니까.

이기심이나 시기심 따위 모르는, 깃털처럼 가벼운 영혼을 가졌으니까.

갈비뼈가 온통 바스라지고, 온몸이 멍투성이가 되어도 나를 위해 마지막까지 약을 먹어주었으니까.

너를 살리고 싶어하는 나를 위해 하루라도 더 버티려고 마지막 순간까지 보여준 네 안간힘을 사랑이라 부르지 않는다면 이 세상에 사랑이란 존재하지 않을 테니까.

이제 영혼이 된 봉봉과 가만가만 걷는다. 색색의 팬지를 정성껏 키워놓은 어느 집 앞 화분에 주인이 붙여놓은 '꽃 꺾어 간 도둑놈아, 달라면 주었을 텐데'라는 문장을 보며 잠시 웃고, 정자 앞에 앉아 바둑을 두며 심각한 듯 미간을 모으는 할아버지들을 훔쳐본다. 골목의 평상에 앉아 참외를 깎아 먹는 할머니들. 지붕 위에서 말라가는 애호박. 내가 이 동네에서 좋아하는 풍경들.

그렇게 걷다가 나는 한때는 M이모의 집이었고 이제는 다른 이의 집이 되었을 그 집을 지나쳤고, 조금 더 걸어 주차장으로 향하는 가파른 비탈의 오른편 공원으로 이어지는 계단이 나 있는 지점에 이르렀다. 거기까지 걷는 건 몇개월 만이었고 그 순간 나는 봉봉을 떠나보낸 이튿날, 외출 후 집으로 돌아오다 그곳을 지났던 일을 기억해냈다. 그때 나는 비탈을 내려오고 있었는데, 공원 쪽에서부터 이어지는 계단을 타고 한마리의 하얀 개가 놀라울 정도로 빠른 속도로 내려오는 게 보였다. 목줄에 묶인 개였는데, 같이 산책하던 사람이 잠깐 놓친 듯했다. 계단 위쪽에서는 개의 이름을 애타게 부르는 누군가의 목소리가 들렸다. 배달 오토바이가 반대편에서 달려오고 있었고, 개는 자신에게 닥칠 위험을 조금도 모르는 것처럼 해맑게 비탈 아래로 내달렸다. 그 순간 나는 아무 생각도 하지 않고 그 개를 뒤쫓아갔고 오토바이에 치일 뻔한 개를 간발의 차로 붙잡을 수 있었다. 개가 함께 산책하던 가족의 품에 안겨 돌아가는 걸 보는데, 갑자기 눈물이 쏟아졌다. 도대체 그때 나는 왜 그렇게 오랫동안 길바닥에 주저앉아 울었던 걸까? 나는 틀림없이 그 순간 내가 끝내 지켜내지 못한 나의 개를 생각하고 있었으리라.

짧은 산책을 마치고 집으로 돌아오는 길, 또다시 메리 올리버의 시가 떠올랐다.

퍼시는 상한 몸으로 내게 와서 오래 살지 못할 게
분명했지만, 하루하루를 제대로 누렸으니까.

150

퍼시는 군소리 없이 약을 먹었으니까.

(…)

퍼시는 아이들에게 자비심을 가르치는 도구가
되어줬으니까.

— 같은 책 56~57면.

봉봉을 사랑하게 된 이후 나는 세상의 모든 동식물을 조금 더 애틋한 눈으로 바라보게 됐다. 나의 개가 소중한 만큼, 다른 모든 존재들 또한 그러할 것이므로. 사랑은 고이는 것이 아니라 더 넓은 곳을 향해 흐르는 강물일 것이므로. 끝내 모두를 살게 하는 것이므로.

집 앞에 이르자 여름이 오면 우리 집 계단 위에서 더위를 피하고 겨울엔 추위를 피하는 고양이가 나를 발견하고 황급히 계단을 내려간다.

"안녕, 그렇게 급하게 도망가지 않아도 돼"

내 말을 알아들은 것인지, 고양이는 골목 아래서 나를

한번 흘깃 보더니 천천히 사라진다. 그리고 우리는 집으로 들어간다.

5월

봉봉이 무지개다리 너머로 소풍을 떠난 지 반년이 지났다. 하지만 가스 검침 같은 걸 하기 위해 집에 잠깐씩 들르는 사람들은 매번 묻는다. "집에 강아지가 있나봐요." 그건 우리 집에 봉봉의 집과 방석, 캐리어 같은 것들이 여전히 그대로 있기 때문이다. 지난해의 마지막 날 유통기한이 있는 사료나 봉봉이 화장실에 갈 때마다 넘어지기 시작해 혹시 몰라 사두었던 배변패드 같은 것들을 상자에 담아 동물권행동 카라에 봉봉의 이름으로 보내긴 했지만, 봉봉의 냄새와 추억이 깃든 물건들의 대부분을 나는 아직 그대로 갖고 있다. 초등학교 시절 산 편지지부터 낯선 도시에서 물건을 산 영수증까지 온갖 쓸모없는 것들을 이고 지고 사는 내가 봉봉의 물건들을 아직 갖고 있는 건 지극히 자연스러운 일이다. 여행을 할 때도 나는 쇼핑을 하기 위해 면세점이나 백화점에 들르는 경우가 많지 않지만 벼룩시장이나 골동품 가게는 즐겨 찾는 편인데 그건 내가 사물 자체가 아니라 사물에 깃들어 있을 인생에 매혹되는 편이기 때문인 것 같다. 나는 런던의 포토벨로 시장에서 산 티포트와 찻잔, 파리의 뱅브 시장에서 산 원목 후추 그라인더 같은 물건을 가지고 있고, 친구들이 입다 준 원피스나 이사하며 내게 넘긴 전기포트나 냄비 따위를 기쁜 마음으로 사용한다.

언덕 위의 집에 있는 사물들 중 가장 오래된 것은 자개장일 것이다. 검은색 자개장으로, 삼층으로 이루어져 있으며 각 층마다 두 쪽으로 된 여닫이문이 하나씩 있다. 삼층장의 겉면에는 우윳빛과 황금빛을 띤 자개로 섬세하게 형상화된 모란과 사슴, 원앙 같은 것들이 자리 잡고 있다. 내가 처음 이 자개장을 가지고 이 집으로 이사를 하겠다고 했을 때 사람들은 그걸 대체 어디에 두려 하느냐고 물었다. 자개장은 처음 계획했던 대로 현관문을 열고 이 집에 들어

오면 가장 먼저 보이는 곳에 놓여 있다. 자개장 바로 앞 천장에는 물방울을 닮은 수십개의 동그란 유리구슬들이 매달려 있는 크리스털 조명이 있다. 깊은 밤, 나는 이따금씩 전등을 켜고 자개장을 바라본다. 스위치를 켜는 순간 조명에 달린 유리구슬들과 자개장이 영롱히 빛나고, 나는 그걸 보는 일이 퍽 즐겁다.

이 자개장의 원래 주인은 나의 할머니다. 할머니의 장례식을 마친 후 대부분의 유품은 처분되었지만 할머니의 물건들이 모두 사라져버리는 걸 견딜 수 없던 나는 그것들이 흔적도 없이 소멸해버리기 전에 몇가지 물건을 챙기기로 했다. 자개장은 그날 내가 갖기로 한 것들 중 하나였다. 삼층 자개장 위에 내가 놓아둔 단지들도 할머니의 것인데, 둥글고 하얀 도자기 재질의 단지로 푸른 꽃이 그려져 있다. 그것들은 내가 태어나기 전부터 할머니의 소유였으나 나는 할머니가 언제부터 그것들을 가지고 있었는지 정확히는 알지 못한다. 할머니와 할아버지는 오랫동안 가난했으므로 값비싼 물건일 리는 결코 없고, 나는 이 비슷한 형태와 무늬를 지닌 자개장과 단지들이 골동품 가게나 중고거래 사이트에서 헐값에 팔리는 걸 본 적이 있기도 하다. 하지만 닮았다고 그것들이 할머니의 사물들과 같을 수는 없고, 그래서 이젠 내 것이 된 그 사물들을 귀하게 간직한다.

할머니의 사물들 중 내가 아끼는 또 하나의 물건은 크림색 천으로 만든 양산이다. 끄트머리가 자잘한 레이스로 이루어진 양산은 똑딱이 단추가 고장 나 있고 천에 밀크커피색의 흐릿한 얼룩이 하나 있다. 나는 그 작은 얼룩을 발견한 이래 자수를 놓아 그것을 가리고 싶다는 마음을 은밀히 품고 있다. 하지만 안타깝게도 자수를 할 줄 모르기 때문에 양산의 얼룩은 몇년째 그 자리에 남아 있다. 나의 할머니는 바느질이나 자수를 놓는 솜씨에 커다란 자부심을 갖고 있었고, 어린 시절 내가 손수건이나 할머니가 만들어준 헝겊 가방에 수를 놓아달라고 말하면 무엇이든 금세 놓아주곤 했다. 언젠가는 나도 자수를 배워서 양산 얼룩에 작은 꽃을 수놓고 싶지만, 모든 것을 차일피일 미루는 게으른 습성을 지닌데다 손재주까지 없으니 그런 날은 영영 오지 않을지도 모른다.

여름이 오면 할머니가 남긴 아주 작은 얼룩이 있는 양

산을 쓰고 동네를 걷는다. 버스나 지하철을 타기 위해선 비탈을 한참 내려가야 하는 터라 해가 뜨거운 날 양산 없이 걷다보면 정수리가 뜨거워지기 때문이다. 그럴 때면 외출을 할 때마다 곱게 다린 옷을 차려입고 양산을 챙기던 할머니 생각이 난다.

할머니, 잘 있지?

할머니가 세상을 떠난 지는 8년이 되었다. 나는 더이상 할머니를 생각하며 울지 않을 수 있고 그것은 다행스러운 일이지만, 내가 이제는 시도 때도 없이 그리움에 사무쳐 울지 않는다는 사실을 상기할 때면 슬퍼지기도 한다.

올해는 할머니의 기일을 제대로 챙기지 못했다. 기일 하루 전에 부고를 들었기 때문이다. 세상을 떠난 사람은 엄마의 막냇동생으로, 그는 나보다 겨우 19살이 많을 뿐이었다. 친척들에게 사근사근하지 못한 성격을 지닌 탓에 내가 그에게 애틋한 표현을 직접 한 적은 없고 우리 둘만의 각별한 추억도 거의 없지만, 어린 시절 외갓집에 놀러 가면 나와 사촌언니를 데리고 나가 우유맛 아이스바를 사주고

스포츠 중계를 보거나 윷놀이를 할 때마다 유쾌한 기합 소리를 내어 분위기를 화기애애하게 만들곤 하던 그를 나는 좋아했다.

그는 이 나라에서 대입시험 점수가 가장 높은 사람들만 입학할 수 있는 대학의 법학과에 들어갔고 사법고시에 합격해 부모의 큰 자랑이 되었다. 그는 많은 이들이 선망하는 직업을 가졌으며 큰돈을 벌기도 했지만 십여년 전 돈과 권력만 좇는 사람들에게 염증을 느껴 일을 그만둔 후 강원도에 자리를 잡고 사회운동을 시작했다. 그는 내가 소설가가 된 이후 한번씩 영상통화를 걸어왔다. 자신의 텃밭에서 자라는 꽃이나 작물들을 보여주었고, 백 작가 작품 잘 읽었어, 하며 내 책을 읽은 감상들을 들려주었다. 가족이 내 글을 읽는다는 사실은 나를 언제나 민망하게 만들었기 때문에 나는 그때마다 어쩔 줄 몰라하며 제대로 반응하지 못했지만, 조카의 책이 나올 때마다 사인본을 보내달라 하고 같은 책을 몇권씩이나 사서 주변 사람들에게 선물해주는 그의 마음이 사실은 늘 고마웠다.

내가 그와 마지막으로 만났던 날, 그는 서울의 한 병

원에 입원해 있었다. 전염병 때문에 찾아가기를 미루다가 그의 상태가 몹시 좋지 않다는 소식을 전해 듣고 용기를 내어 보러 간 것이었다. 환자들을 전염병으로부터 보호하기 위해 병실에 외부인이 출입하는 걸 금지했기 때문에, 폐에 물이 많이 차 빼고 있다는 그를 병원 복도에서 기다렸다. 꽤 긴 시간이 흐른 후 휠체어를 타고 나타난 그는 사진으로 본 것보다 더 야위어 있었고 빠져버린 머리카락을 감추기 위해 모자를 쓰고 있었지만, 나를 보자 특유의 환한 웃음을 지었다.

　　그는 말하는 것이 매우 힘든 듯했지만 휠체어를 탄 채로 그날 아주 많은 이야기를 했다. 죽음에 가까이 다다라 마침내 알게 된 삶의 비밀들을 이제는 더이상 어리지 않은 조카에게 알려주고픈 듯이. 그가 해준 말들을 나는 모두 소중하게 간직하고 있지만, 내게 가장 깊은 울림을 준 것은 그가 병원에서 살아가는 태도였다. 그는 병원생활의 어려움에 대한 해학적인 짧은 글들을 시처럼 썼고, 같은 병실에 입원한 환자들이나 간병인의 삶을 궁금해하며 인터뷰를 해 기록으로 남기고 있었다. 외출을 할 수 없는 그는 병원

안에서 휠체어를 타고 다니기 좋은 곳을 찾아내어 자신만의 '산책 코스'를 만들었고, 사람들이 잘 찾지 않는 어떤 공간을 발견해 책을 가져다놓고는 독서를 하고 글을 쓰는 자신의 '서재'로 삼았다고 했다. "여기는 내 접견실이야." 휠체어들이 일렬로 정리되어 있는 복도의 한구석에서, 그중 한 휠체어를 빼내어 소파인 양 걸터앉은 채 이야기를 듣고 있던 내게 그는 개구쟁이처럼 웃으며 말했다. 그는 어둠 속에서도 싱싱하게 자라나는 기쁨을 기어코 발견해내고 삶을 마지막 순간까지 찬란히 누리는 사람이었다.

그의 영혼이 두고 간 육신과 작별하는 예식을 마치고 집으로 돌아오기 전, 친척 어른들과 다 함께 H시에 들르게 되었다. 덕분에 그가 내게 영상으로 보여주었던 텃밭과 짙은 초록의 나무들을, 날씨가 좋은 날이면 한밤의 별을 볼 수 있도록 천장에 유리창을 낸 작은 나무 오두막과 은빛으로 춤추듯 흔들리는 갈대들을 잠시 둘러볼 수 있었다. 그러고 난 후 서울로 돌아가기 위해 다시 전세버스를 탔는데 차가 출발한 지 얼마 되지 않았을 때 누군가가 조금 지나면 차창 밖으로 그가 좋아했던 작약밭이 보일 것이라고 말했다. 창밖으로는 오직 초록빛만 가득했기 때문에 이미 꽃이 다 져버린 건 아닐까 하는 말들이 여기저기에서 들려오기 시작할 즈음 도로 저편의 평평한 푸른 들판 위로 붉은 작약송이들이 바람에 술렁거리는 것이 보였다. 그 순간 버스 안의 사람들이 나지막이 탄성을 질렀다. 그것은 태어나 처음 보는 광경이었고, 나는 장례식을 막 마친 사람들을 싣고 있는 전세버스 안에 타고 있는 것만 아니었다면 그것들을 조금 더 보기 위해 버스를 잠시 멈추자고 말하고 싶었다. 하지만 물론 그럴 수는 없었고, 나는 순식간에 내게서 멀어지는 풍경을 보며 그저 버스에 앉아 있었다.

버스는 5월의 눈부신 빛 속에서 일렁이는 선명한 다홍의 점들을 뒤로한 채 계속 달려갔다. 버스 안에 앉아 있는데 화장터에서도 와닿지 않던 작별이 그제야 조금 실감났다. 나는 내가 나의 등 뒤에 남겨두고 떠나는 그것이 무엇인지 정확히 알지 못했고, 삶과 죽음 중 무엇이 더 두려운 것인지도 도무지 알 수 없었다. 그러다 이윽고 이제 5월은 내가 사랑하는 두명의 사람이 태어났고, 내가 사랑하는 두명의 사람이 떠난 계절이 되었다는 사실을 불현듯 깨달았다. 물론 그 일들은 모두 각기 다른 해에 일어났지만 앞으로 내가 갖게 될 모든 달력에 그들의 생(生)과 사(死)는 열흘도 채 되지 못하는 짧은 시간 안에 전부 기록될 것이다. 그러니 나는 앞으로 5월이 되면 어김없이 매번 이 사실을 떠올리리라. 인생이란 탄생과 죽음 사이를 날아가는 화살이라는 사실을. 그 가냘픈 화살은 눈 깜짝할 사이에 날아가 과녁에 꽂힌다. 하지만 우리는 후회할 것을 알면서도 언제나 같은 어리석음을 반복하고 또 반복한다.

3부

멀리, 조금 더 멀리

새처럼, 바람처럼

언덕 위의 집을 얻게 된 것은 다소 충동적인 결정이었다. 가족이나 친구들이 거주하는 지역에서 꽤 멀 뿐 아니라, 그때껏 가볼 일 없던 동네에 집을 구해 살게 될 거라고는 계약하기 한달 전까지만 해도 생각해본 적이 없었다. 하지만 성곽길의 정취를 느끼며 단독주택에 살아볼 수 있는 동네라는 말에 이미 혹해버린 터였다. 단독주택에 대한 동경을 남몰래 품고 있던 내게 내가 가진 적은 돈으로 서울에 있는 단독주택(마당조차 없는 아주 작은 집이었지만)에서 살아볼 기회가 생긴다는 건 꽤 유혹적인 기회였다.

어느 초여름, 집을 보러 부동산 업자와 같이 비탈을 올랐다. 지하철역에서 내려 세탁소와 슈퍼를 지나고 차들이 아무렇게나 주차된 오르막길을 한참 지나자, 성곽길이 펼쳐졌다. 내가 살게 될 (하지만 그때까지는 여전히 그렇게 될 줄 몰랐던) 집은 오르막의 중턱 즈음 자리 잡은 노후한 주택들 사이에 있었다. 그 집을 계약한 건 내가 결정하는 많은 중요한 일들이 그렇듯 매우 충동적으로 이루어졌지만, 그렇다고 고민이 아예 없던 건 아니었다. 한낮의 볕속에 드러난 동네는 예상한 것보다 더 허름했고 여기저기 널린 빨래들은 후줄근해 보였다. 하지만 무엇보다 마음에 걸렸던 것은 집까지 가기 위해 반드시 지나쳐야만 하는 오르막길이었다. 부동산 업자는 지하철역에서 집까지 15분도 채 걷지 않아도 되니 그리 먼 거리는 아니라고 계속 강조했지만, 나는 거리 때문이 아니라 차 한대 겨우 지나다닐수 있을 만큼 좁은 오르막길이 지나치게 한적하고 샛길조차 거의 나 있지 않다는 사실이 신경 쓰였다.

한밤중에 동네를 다시 한번 찾아가본 후 계약 여부를 결정하기로 했다는 말을 했을 때, 아빠는 나를 좀처럼 이해하지 못하셨다. 한밤중에 누군가가 쫓아오는데 달아나거나 숨을 곳이 없으면 어떻게 하냐고 내가 묻자 그제야 아빠는 그런 것에 대해서는 신경 쓸 생각조차 못했다는 표정을 지으셨다. 나는 남성이 보는 세상과 여성이 보는 세상이 이토록 다르다는 사실을 그 순간 절실히 깨달았다. 결국 나는 그 집을 계약했고, 그후로 수년 동안 좋은 추억을 쌓으며 반려견과 둘이, 그중 일부는 반려자 Y까지 셋이 즐겁게 잘 살았지만, 처음 그 집에 살기 시작했을 때는 주변 사람들에게 무서운 말들을 많이 들어야 했다. 나를 걱정해서 하는 말인 것을 알면서도 (보호해줄 남성 없이) 여성 혼자(아주 작은 반려견은 내가 보호해야 할 존재였을 뿐이니까) 단독주택에 사는 일이 초래할 온갖 무시무시한 이야기들을 듣고 나면 아무렇지 않다가도 덩달아 겁이 나곤 했다. 그럴 때면 나는 집에 처박혀 있기보다 신발을 꿰어 신고 밖으로 나가 걷는 쪽을 택했다. 내가 사는 동네가, 이웃들이 친숙해지면 더이상 두려워해야 할 이유는 없을 테니까. 안전한 "죄수"리베카 솔닛 『세상에 없는 나의 기억들』, 김명남 옮김, 창비 2022, 73면가 되느니, 위험을 감수하는 탐험가가 되는 편이 나는 좋았다.

　밖은 위험하다는 말, 지켜주는 이 없는 곳에서는 내가

언제나 위험에 노출되어 있는 존재라는 말을 나는 성장하는 동안 줄곧 직간접적인 방식으로 들었다. 초등학교에 입학한 이후엔 갈수록 내 몸이 창피해졌는데, 입을 가리고 웃어야 했고 남자애들이 치마를 들쳐올리면 잘못한 건 내가 아닌데도 어쩔 수 없이 부끄러워졌다. 부끄러움의 목록이 길어지는 것만큼 할 수 없는 (하지 않아도 되는) 일들의 목록도 늘어났다. 체육 시간엔 축구 대신 피구를 해야만 했고 (축구나 피구나 못하기는 다 마찬가지였는데도!) 여자아이니까 우유박스를 들 필요가 없었다(내가 웬만한 남자애들보다 키가 더 컸는데도!). 내 몸은 보호받아야 하고, 동시에 숨겨야만 하는 무언가로 점차 흐릿해지다가 투명해졌다.

내 몸을 인식하는 일에 관한 가장 끔찍한 재앙은 고등학생 때 일어났다. 그 시절은 내게 여러모로 불행한 나날의 연속이었기 때문에 기억이 거의 남아 있지 않지만 단 한차례 있었던 성교육 시간만큼은 안타깝게도 지금까지 강렬하게 각인되어 있다. 어느 날이었다. 곧 대학생이 될 거니 필요하다고 생각했던 것인지, 교련 선생이(맙소사! 교련 수업이 아직 존재하던 시절이었다) 느닷없이 교실 문을 열고 들어오더니 성교육을 하겠다고 말했다. 그녀가 입을 열어 내뱉은 첫 질문은 이런 것이었다. "남자들이 생리를 할 것 같냐, 안 할 것 같냐." 이론적으로 알아야 할 것들은 이미 다 알고 있던 나는 심드렁한 태도로, 무슨 개똥같은 질문인가 생각하며 교련 선생을 한심하게 여기고 있었을 것이다. 그런데 그녀는 아주 당당한 목소리로 말을 이었다. "남자들도 생리를 해. 하지만 여자들이 한달에 한번씩 매우 고통스럽게 생리를 하는 것과 달리 남자들은 아무 때나 생리를 할 수 있고, 할 때마다 쾌감을 느껴서 언제고 하고 싶어하지." 사정과 월경을 구별조차 못하는 무식한 말은 온갖 끔찍한 성폭력 사례들의 끝도 없는 나열로 이어졌다. 그리고 그 '성교육'은 사정하고픈 충동을 참지 못하는 것은 남성의 본능이기 때문에 고등학생이든, 친구의 아버지든, 아버지의 친구든 그 어떤 남자와도 절대 단둘이 있어서는 안된다는 말로 끝이 났다. 그 당시에도 헛소리라고 생각했지만 이제 와 떠올려보면 그때 그 수업은 당시 내가 생각했던 것보다 더욱더 끔찍하다. 윤리도 이성도 상실한 채 오직 성욕의 노예로만 축소되어 묘사됐다는 점에서 그녀의 모든 말은 남성들에게도 정당하지 않았고, 자신의 육체를 정복되고 훼손되는 영토로만 바라보도록 주입되었다는 점에서 10대 여자아이들에게는 끔찍했다. 그녀의 말이 얼마나 헛소리인지 이미 알고 있었지만, 그럼에도 불구하고 대학에 입학한 뒤 남자들과 단둘이 있을 때면 그 남자가 누구든 상관없이 교련 선생이 했던 말이 아주 오랫동안 자동적으로 내 머릿속에 떠올랐고, 스스로를 한없이 취약한 존재처럼 느껴지게 만들었다. 그러면 나는 남자와 달리 욕망이란 애당초 허락되지 않은 육체, 임신하지 않는 이상 영원히 고통받는 저주에 걸린 주제, 남성들의 욕망으로 인해 원치 않는 임신을 하게 될까봐 전전긍긍해야 하는 쓸모없는 육체를 지닌 존재가 되어 하찮아졌다.

　　그 교련 선생의 '성교육'이 경악할 만큼 유해했던 것은 사실이지만 여성이 욕망의 대상으로만 재현되는 일은 아주 흔한 일이다. 나는 늘 책을 좋아했고 서사에 탐닉하는 편이었는데, 대부분의 이야기 속에서 모험을 떠나고 별이 쏟아지는 들판에서 호기롭게 잠을 자거나 아름다운 연인을 선택하고 욕망을 실현하는 건 언제나 남성 주인공이었다. 여성으로서 내가 동일시할 수 있는 주인공은 거의 없었다. 대학에 가고 나중에 여러 이론들을 공부하면서 숨통이 트이는 경험을 하기도 했지만, 그럴 때면 동시에 나는 겁이 많고 감성적이며 예민하고 나긋나긋한 나 자신이 한심하게 느껴져 괴로웠다. 사람들 앞에서 용감하게 말할 줄도 모르고, 긴 치마를 즐겨 입거나 요리 레시피 보는 걸 좋아하는 나, 거시적인 이슈들보다 사람들의 내면에 더 많은 관심을 갖고 마는 나 자신을 받아들이는 것이 쉽지 않았던 것이다.

자신만의 목소리를 갖는 건 누구에게나 어려운 일이지만 이런 이중의 딜레마 속에 놓여 있다는 점에서 여성들의 여정은 이성애자 남성의 여정보다 더 험난하다. 『세상에 없는 나의 기억들』은 젊은 여성이었던 리베카 솔닛이 자신의 목소리를 찾아가는 그 험난하지만 찬란한 여정의 기록이다.

젊은 여성으로 산다는 것은 자신의 소멸을 수많은 방식으로 맞닥뜨리는 것, 혹은 소멸로부터 달아나는 것,

혹은 소멸을 깨닫기조차 회피하는 것이다. 혹은 이 모두를 동시에 겪는 것이다.

—같은 책 15면.

　　이 책에서 솔닛은 열아홉살에 얻은 작은 집에서 보낸 한 시절을 회상한다. 경제적 능력이 충분하지 않아 대리인의 이름으로 집을 구한 탓에 타인 명의의 고지서를 받으며 지워진 존재로 살아야 했고, 길거리에서 익명의 남성에게 침 세례나 죽이겠다는 위협을 받을 때마다 "눈을 깔고, 아무 말도 않고, 눈맞춤을 피하고, 최대한 그 자리에 없는 듯이, 나서지 않고, 미미한—눈에 띄지 않을뿐더러 소리도 내지 않는—존재가 되려고 애썼"80면던 솔닛은 어떻게 "자신이 지워지고 실패하는 것을 즐기는 세상에서 살아남을 방법을"15~16면 찾아 "스스로 목소리"를 내며 "자신의 패배가 아니라 생존을 노래하는"15면 작가가 될 수 있었을까? 생존하기 위해 존재하지 않아야만 했던 한 인간이 세상에 자신의 모습을 드러내고 누군가의 귓가에 가닿는 목소리를 획득하는 과정을 목격하는 건 눈이 부시다.

작가가 되는 일에는 어엿한 인간이 되는 일의 핵심이 담겨 있다. 내가 어떤 이야기를 할지, 그 이야기를 어떻게 할지, 이야기와 나의 관계는 어떠한지, 내가 선택한 이야기는 무엇이고 선택당한 이야기는 무엇인지, 주변 사람들이 바라는 바가 무엇인지, 그 바람에 얼마나 귀 기울여야 하고 또다른 것들에는 얼마나 귀 기울여야 하는지, 이런 문제들을 더 깊게 더 멀리 생각해보는 일이다. 하지만 물론 그것만으로는 안 된다. 실제로 써야 한다.

—같은 책 178면.

솔닛은 자신의 목소리를 내기 위한 수단으로 에세이라는 글쓰기 형식을 발견했다. 자신에게 잘 맞는 에세이라는 장르를 만나 콜라주하듯 세계의 의미를 재구성해나갈 수 있었고, 그 덕에 침묵을 강제하던 감옥을 허물고 존재하게 됐다는 점에서 솔닛은 행운아다. 그리고 그런 의미에서라면 나 역시 솔닛만큼 운이 좋았다. 나 또한 내게 알맞은 표현수단인 소설을 만날 수 있었으니까. 나는 소설이 유럽 문학사 속에서 왕관을 차지하게 되기 전까지 하찮은 장르 취급을 받았다는 점이, 그래서 오랫동안 여성들의 글쓰기 방식이었다는 점이 꽤 마음에 든다. 나는 소설이 '정통성'을 지니지 않기 때문에 형식으로부터 자유롭고 이질적인 것들을 융해할 수 있는 장르라서, 그런 글쓰기 방식을 통해 나의 목소리를 세상에 드러낼 수 있어서 좋다.

솔닛은 뉴올리언스에서 열린 행사에서 만난 어떤 독자가 자신의 손금을 읽어준 일화로 책을 끝맺는다. 독자는 그녀에게 "우여곡절이 있었겠지만, 당신은 결국 운명대로 살고 있네요"296면라는 이야기를 했는데, 솔닛이 자신의 점괘를 재해석한 방식은 무척 인상적이다.

> 우여곡절이 있었겠지만, 이 말은 한 사람을 저지하려고 들거나 그의 성품과 목적을 바꾸려고 드는 힘들이 있음을 뜻하고, 운명대로 산다, 이 말은 그 힘들이 완벽히 성공하지는 못했음을 뜻한다.
>
> —같은 책 302면.

공교롭게도 『세상에 없는 나의 기억들』을 읽을 즈음 누군가가 나의 사주를 봐준 일이 있었다. 나의 운명에 대해 이런저런 이야기를 하던 이는 아주 난감한 얼굴로 나는 새처럼, 바람처럼 정착하지 못하는 사주를 타고났으며, 결혼을 아주 늦게 하거나 남자 대신 가장이 될지도 모르는 사주라고 말했다. 사주풀이를 해준 이는 미안해했지만 나는 나의 사주가 퍽 마음에 들었다. 새처럼, 바람처럼 자유롭다니! 이보다 더 멋진 운명이 있을까? 나는 '결혼을 아주 늦게 하거나 남자 대신 가장이 될지도 모르는 사주'라는 그의 말을 경제적으로 독립적이고 주체적인 삶을 살게 되는 운명이라고 해석했는데, 그건 내가 꿈꾸는 삶과 크게 다르지 않았고 아주 근사한 인생이었다. 흔히 말하는 여성의 '안 좋은' 사주들은 대부분 남성보다 뛰어나거나 전통적 삶의 틀에서 벗어난 운명의 다른 말임을 나는 그후 다른 이로부터 들었다.

세상의 많은 시시한 서사들은 함부로 찍은 낙인처럼 사람들을 가두지만, 다행스럽게도 우리는 얼마든지 그것에 저항하며 자신만의 새로운 서사를 만들 힘을 가지고 있다. 사주풀이를 들으며 나는 전형적인 서사를 부순 자리에서 새로운 이야기를 쓸 힘이 어느새 내게 생겼다는 걸 기쁜 마음으로 깨달았다. 나는 그것이 나만의 힘이 아니라, 유구한 세월 동안 자신의 목소리를 찾기 위해 애써온 많은 여성들로부터 온 힘이라는 걸 알았다. 범람하는 강물처럼 둑을 무너뜨리고 누군가에게 또 흘러가야만 하는 힘. 기나긴 밤의 끝에 이르면, 그 힘은 투명 인간인 듯 살아가는 또다른 많은 이들을 새처럼, 바람처럼 자유롭게 살아가게 하리라.

타인을 쓴다는 것

　나의 일주일은 크게 두 축으로 나뉜다. 강의를 하는 날들과 소설을 쓰는 날들. 성인이 된 이후 줄곧 어떤 형태로든 누군가를 '가르쳐'왔고 나보다 나이가 어린 학생들과 교류하는 것을 꽤 좋아하는 편이지만, 사람들 앞에서 이야기하는 걸 몹시 곤란해하는 나에게 강의는 여전히 힘든 일이다. '선생'이랍시고 학생들 앞에 서서 무언가를 떠들어대지만 말을 하면 할수록 말에 담으려던 의미는 점점 흐릿해지고 창백해진다. 햇볕에 증발해버리는 수증기처럼. 수업 시간을 채워야 한다는 의무감에 입을 계속 움직여보지만, 투명해진 말들이 대기 중으로 흩어지는 것을 보는 일은 매번 아찔하다.

꼭 그런 이유 때문만은 아니지만 소설을 읽거나 쓰는 법을 가르쳐야 하는 경우라면 나는 수업 시간 중 일정한 양을 항상 학생들이 말하는 시간으로 할애해왔다. 학생들은 한 주에 한두편씩 단편소설을, 어떤 때는 한권의 장편소설을 읽고 각자 소설을 어떻게 읽었는지 이야기해야 한다. 말해보라고 시간을 주면 학생들은 처음엔 하나같이 쭈뼛거리며 서로의 눈치를 본다. 때로는 소설에서 무엇을 발견해야 하는지 몰라 난감해하기도 하고. 하지만 몇번이고 계속 반복하다보면 학생들은 내가 무엇을 원하는지 마침내 이해한다. 좋은 소설은 어떤 방식으로 읽어도 결국 기쁨을 주지만, 소설을 쓰고 가르치는 사람인 나의 소박한 바람은 학생들이 광산을 캐는 광부 같은, 실마리를 줍는 탐정 같은 방식으로 읽는 즐거움을 배우는 것이다. 정답을 찾는 데 익숙한 학생들에게 이런 수업이 얼마나 당혹스러울지 알면서도 강의 스타일을 바꾸지 않는 이유다. 다행히 몇주간의 시간이 흐르면 학생들은 이내 소설에서 발견해낸 조각들을 하나둘 진지한 자세로 꺼내 보인다.

　　한번은 수업 시간에 미국 소설가 켄 리우의 「종이 동물원」『종이 동물원』, 장성주 옮김, 황금가지 2018을 함께 읽었다. 「종이 동물원」은 어린 시절, 아들을 달래기 위해 선물 포장지로 종이 동물들을 만들어주던 중국인 어머니와 그녀의 중국계 미국인 아들에 관한 이야기로, SF 환상소설을 쓰는 켄 리우를 베스트셀러 작가로 만들어준 작품으로 알려져 있다. 미국인 아버지가 결혼 정보 카탈로그를 보고 선택한 여성이었던 어머니와 동양인의 눈을 가진 자신이 백인 아이들과 다르다는 걸 알게 된 뒤 어머니를 싫어하게 된 아들이 죽음을 계기로 어머니를 이해하게 된다는 줄거리를 지닌 이 소설의 주제는 비교적 명확하고 단순하다. 뻔한 서사를 감동적인 소설로 탈바꿈해주는 기법에 대해서 이야기하기 위해 수업 시간에 읽을 텍스트로 지정하긴 했지만, 학생들에게 「종이 동물원」을 읽어 오라고 한 것은 그 이유 때문만은 아니었다.

　　내가 끼어들어 토론의 방향을 원하는 쪽으로 돌리기 전에 다행히 눈 밝은 학생 한명이 소설이 자아내는 모종의 불편함에 대해서 지적했다. 미국으로 팔려 온 무능력한 중국인 여성과 종이 동물에 생명을 불어넣을 수 있는 동양의 신비로움. 소설 속 환상적인 설정이 불러일으키는 효과에 대한 이야기로 시작된 수업은 결국 중국계 미국인 작가 켄 리우가 쓴 소설 속의 오리엔탈리즘에 대한 논의로까지 이어질 수 있었다. 백인 미국인이 썼다면 명백히 동양에 대한 타자화의 결과물로 보일 수 있는 이 소설의 지은이가 중국계 미국인이라는 사실은 오리엔탈리즘의 혐의로부터 작품을 구제해줄 수 있는가? 이 작품이 미국에서 베스트셀러의 반열에 오르고, 백인 일색인 SF 시장에 아시아인 작가의 위상을 높여주었다는 사실은 어떻게 평가할 수 있는가? 우리가 무언가를 '재현'하는 일에는 어떤 위험과 어려움이 따르는가? 학생들은 저마다 개성이 다르고, 높낮이와 색조가 다른 그들의 말들이 불협화음을 이루지 않고 하나의 교향곡을 이룰 수 있도록 조율하는 것은 지휘자인 나의 몫이라는 것을 알지만, 나는 이번만큼은 아무것도 정리하지 않았다. 가끔은 학생들 사이에 질문을 씨앗처럼 심어준 채 각자가 자신들만의 답을 찾기를 기다릴 필요도 있으니까.

어느 날, 잠시 외출했다가 집으로 돌아가는 길이었다. 하늘은 파랗고 성곽 너머의 마른 겨울나무들은 텅 빈 가지를 드리우고 있었다. 집으로 가기 위해서 언제나 걸어올라야 하는 성곽길에는 아무도 없었다. 꽃이 피고 햇살이 따사로운 날에는 등산복을 입은 중년의 산책객이나 데이트를 하기 위해 한껏 멋을 낸 젊은 커플로 붐비는 길은 기온이 내려가는 속도에 비례해서 한산해졌다.

그녀를 만난 것은 성곽길에서 옆으로 새어 집으로 이어지는 골목 앞에 이르렀을 때였다. 그녀는 빈 박스를 작은 수레에 실은 채 계속 이어지는 비탈을 힘겹게 오르고 있었다. 한낮인데도 아무도 없어 놀랍도록 적막한 골목길에 수레의 바퀴 소리만 울렸다. 날은 추웠고 깡마른 그녀에게 수레는 너무 무거워 보였다.

그녀는 도대체 어디서부터 그 수레를 끌고 온 것일까? 추위 속에서도 폐지를 줍기 위해 얼마나 많은 골목들을 돌아다녀야 할까?

때마침 우리 집에 버리지 않고 쌓아두었던 박스들이 많이 있다는 생각이 떠올랐다. 집이 바로 근처였기 때문에 나는 그녀에게 다가가 집에 쌓아둔 박스가 많은데 필요하시냐고 물었다.

"있으면 좋지."

가까이에서 본 그녀의 피로한 얼굴엔 주름이 깊게 패 있었다. 나는 그녀를 집 앞에 세워둔 채 현관문을 열고 들어가 한동안 문 앞에 정리해 쌓아둔 택배 박스들과 종이컵 등을 서둘러 챙겼다. 이 동네로 이사 온 이래 나는 내가 이따금씩 마트 앞으로 폐지를 모아 가져다드리는 노인처럼 폐지 줍는 노인들을 수없이 많이 보았지만, 그들 대부분은 우리 집 근처가 아니라 지하철역 주변의 큰 도로에서부터 비탈 중턱 즈음까지의 골목들을 오가며 주택 앞이나 상점들 앞에 쌓아둔 박스들을 수거하곤 했다.

"이렇게 높은 언덕까지도 자주 오세요? 그러면 폐지가 생기면 집 앞에 좀 놔둘까요?"

내가 건넨 박스를 정리하던 그녀가 무심히 고개를 끄덕였다. 그러더니 그녀는 우리 집에서 그리 멀리 떨어지지 않은 집에서 산다고 말했다.

"책도 혹시 필요하세요?"

안 그래도 많이 쌓여 한차례 정리한 문예지들과 더이상 읽지 않는 책들, 소설을 쓰면서 생겨난 수많은 파지들이 생각나 다시 질문을 건넸다.

"책도 좋고, 헌 옷이나 냄비, 프라이팬 같은 것도 좋지."

그리고 그녀는 이렇게 덧붙였다.

"주말쯤에 정리할 거죠? 그럼 토요일에 내놔요."

"토요일에 하면 일요일 오전에나 내놓을 수 있을 것 같아요."

나는 조만간 정리해서 '아름다운 가게'에 기부하려 했던 프라이팬들과 헌 옷가지들을 떠올리며 말했다. 그러자 그녀가 고개를 저었다.

"안 돼, 일요일 오전에는 내가 교회를 가요. 저기, 여의도 순복음교회."

다른 사람을 바라볼 때, 우리는 우리의 성장배경과 우리가 받은 교육, 여러 관계를 겪으면서 굳은살처럼 딱딱해진 편견으로부터 얼마나 자유로울 수 있을까? 그날 밤, 그녀에게 주기 위한 물건들을 챙기러 부엌으로 방으로 거실로 돌아다니는 동안 '여의도 순복음교회'라는 말은 나를 계속 따라다녔다. 서울 시내를 관통해 한시간은 가야만 도착할 수 있는 교회에 다니는 그녀. 그녀의 입에서 흘러나온 '여의도 순복음교회'라는 단어의 의외성은, 동네의 수많은 교회가 아니라 '여의도 순복음교회'를 굳이 찾아가고 싶은 욕망과 그곳을 더 선호하는 취향을 지닌 사람으로 그녀를 변모시켰고, 내가 그녀를 단순히 폐지 줍는 노인, 조금은 우월한 감정을 느끼며 내가 도와주어야 할 대상으로만 생각하고 있었다는 사실을 서늘하게 환기시켰다.

지난해 읽은 제임스 설터의 『소설을 쓰고 싶다면』서창렬 옮김, 마음산책 2018은 꽤 흥미로운 책이었는데, 불빛 같은 욕망이 꺼진 이후의 황폐함 앞에 어쩔 줄 모르는 인간에 대해서 누구보다 근사한 이야기를 만들어온 소설가의 문학관을 엿볼 수 있게 해주었기 때문이다. 이 책에서 제임스 설터가 픽션이라는 말을 거부하며 소설이란 전적으로 꾸며낸 것이 아니라 현실의 관찰에서 비롯된 것이라고 말한 것은 내게 인상적인 기억으로 남아 있다.

이 사람들은, 소설 속의 이 인물들은 현실에서 취한 인물들일까요? 이들은 육체적으로나 다른 어떤 방식으로나 실제 인물에 기반을 둔 것일까요? 이들의 행동과 말 또는 말버릇은 현실에서 취한 것일까요? (…) 소설 속의 많은 인물들, 혹은 대부분의 인물들은 당연히 현실에서 가져온 인물들입니다. 그대로 가져온 게 아니라 해도 아주 많은 부분을 가져온 인물들인 것입니다.

—같은 책 49면.

소설 속 인물들을 만들기 위해 현실에서 필요한 것을 취한다 하더라도 그 정도에 대해서라면 물론 소설가마다 차이가 있을 테고, 가공하는 방식도 저마다 다를 것이다. 그렇지만 이렇듯 소설가가 소설을 쓰기 위해서는 자신이 겪고 관찰한 현실에서 무언가를 취할 수밖에 없다면, 그리고 소설가가 사람인 한 다른 사람을 완벽히 이해하는 일이 영영 불가능하다면, 소설이란 것은 본질적으로 대상화를 감수할 수밖에 없는 장르인 것은 아닐까? 소설이 필연적으로 그런 것이라면 우리는 도대체 무엇을, 어떻게 써야 하는 것일까?

물건들을 정리해 집 앞에 두고 그녀와 약속한 대로 문자 메시지를 보냈다. 답장은 오지 않았고, 집 밖에 쌓인 물건들을 창밖으로 내다보면서 나는 그녀의 집을 알아두었다면 가져다줄 수 있을 텐데, 하고 짧게 후회했다. 그러고 얼마나 시간이 흘렀을까? 한참 후 혹시나 하는 마음에 현관문을 열고 밖으로 나가보았을 때 물건들은 이미 온데간데없이 사라져 있었다. 그녀는 교회에 잘 다녀왔을까? 나는 어두운 골목에서 그녀가 가져가버린, 내 삶의 일부였던 집기들과 책, 그리고 소설이 되지 못한 것들을 떠올렸다. 골목 위로 어디선가 찬바람이 불었다. 두려움인지 슬픔인지 모를 감정이 등을 훑고 지나갔다. 그리고 눈을 한번 감았다 다시 떴을 때, 모든 것이 사라져버려 텅 비어버린 그 자리에는 내가 아직 답을 모르는 질문만이 남아 나를 쳐다보고 있었다. 소설을 쓰는 한은 자신을 잊어버리지 말라는 듯. 조금은 사납고 단호한 얼굴로.

나의 창, 나의 살구

　　셔우드 앤더슨의 아주 짧은 단편소설 「괴상한 사람들에 관한 책」『와인즈버그, 오하이오』, 최인환 옮김, 부북스 2012에는 아침에 깨어 누운 채 창밖의 나무를 보기 위해 창문과 같은 높이가 되도록 침대를 고치고 싶어하는 작가가 등장한다. 작가는 침대를 손보기 위해 목수를 불러들이는데, 그렇게 만난 두 남자는 침대를 고치기 위해 만난 목적은 까맣게 잊은 채 이야기를 나누기 시작한다. 남북전쟁 참전 용사인 목수에게 전쟁 이야기를 하도록 유도한 것은 작가다. 목수는 그가 한때 앤더슨빌 감옥에 수용되어 있었고, 남동생은 굶어 죽었다는 이야기를 털어놓으며 눈물을 흘린다. 그리고 그렇게 이야기를 하는 사이 침대를 수선하려던 처음의 계획은 잊히고 결국 목수는 자기 멋대로 침대를 고친다. 목수가 고쳐놓은 침대는 얼마나 불편하기 짝이 없는지 노구의 작가는 잠잘 때마다 힘겹게 의자를 딛고 침대에 올라가야 하는 처지가 되고 만다. 그리고 그렇게 애서 침대에 올라 몸을 누인 작가는 상념에 빠진다. 꼬리에 꼬리를 무는 상념은 이제 괴상한 사람들이 행렬을 이루며 눈앞으로 지나가는 꿈으로 변주된다. 끔찍하지만 때로는 즐겁게 만들기도 하고, 때로는 아름다워 보이기까지 한 괴상한 사람들이 자신을 스치고 지나가는 것을 꿈속에서 바라보던 작가는 그 괴상한 사람들 중 그에게 깊은 인상을 남긴 한 사람에 대해 서술하기 위해 마침내 침대에서 내려와 책상 앞에 앉는다. 창밖을 편히 보기 위해 침대를 고치려다 '괴상한 사람들에 관한 책'이라는 제목의 책을 쓰고 마는 작가가 등장하는 이 짧은 소설을 나는 오랫동안, 셔우드 앤더슨이 생각하는 소설 쓰기에 대한 우화처럼 읽어왔다.

어린 시절 나에게 가장 안락한 장소는 책상 밑이었다. 누가 시킨 적도 없는데 나는 책상 밑에 기어들어가 그 안에서 그림책을 읽거나 인형놀이를 했고, 때로는 혼자 잠에 들었다. 방문을 열고 들어온 어른들은 책상 밑에 들어가 앉아 있는 나를 발견할 때마다 도대체 왜 불쌍하게 그런 곳에 쪼그려 앉아 있냐, 하며 걱정스러운 말투로 나무라셨다. 하지만 그 시절, 내게는 책상 아래 앉아 있는 것이 누군가에게는 불쌍해 보일 수도 있다는 자각이 없었다. 그곳은 나에게 가장 안락한 장소였으니까. 세계와 나를 분리해주는 단단한 삼면의 벽. 나는 가능하기만 했다면 뚫려 있는 나머지 한면에도 문을 달고 기꺼이 그 문을 닫았을 거였다. 유리창 위에 검은 페인트를 칠하는 사람처럼. 그 시절 나에겐 그림책이 세계를 향해 열려 있는 커다란 창이었으니까. 나 말고 다른 사람은 들어올 수 없는 협소하고 폐쇄적인 네모의 세계에서 나는 외롭지만 안전했다.

한참의 시간이 더 흐르고 혼자 살기 시작한 이후, 내가 집을 구할 때 가장 우선적으로 고려하는 조건은 커다란 창이 있는가 하는 것이었다. 혼자 집에 있는 시간을 누구보다 사랑하고 특별한 일이 없으면 굳이 밖으로 나다니지 않는 나에게 커다란 유리창만큼 집을 매혹적으로 만들어주는 것은 없었으니까. 오직 창의 크기와 창밖의 풍경만을 우선시하여 고른 집들은 대체로 지나치게 덥거나 춥고 매우 협소하고 낡았지만, 침대에 누워 있다가 혹은 책상맡에 앉아 있다가 창밖을 바라보면 한낮의 강물은 늘 새로운 빛을 뿜으며 흘렀고 밤의 성당은 조명을 받아 반짝였다. 시시로 바뀌는 구름의 질감과 하늘의 표정, 계절마다 달라지는 도시의 빛깔을 바라보노라면 지루할 겨를이 없었다. 덕분에 나는 굳이 바깥으로 나갈 필요를 느끼지 않은 채 몇날 며칠이고 홀로 집에 틀어박혀 있을 수 있었다.

언젠가부터 내가 가장 많이 응시하는 창은 지하철의 유리창이다. 지상을 달리다가 어느새 지하로 내려가고, 다시 순식간에 지상으로 올라오는 지하철의 유리창. 지하철의 창이 흥미로운 것은 지상을 달릴 때면 바깥세상을 비추는 그 유리창이 지하를 달릴 때에는 사람들의 무방비한 얼굴을 비추기 때문이다. 컴컴한 유리창에 비친 승객들의 얼굴은 어째서 하나같이 슬프고 피로해 보일까. 가끔 나는 지하철 유리창에 비친 나의 얼굴이 너무나도 사납거나 황폐해 보여 소스라치게 놀란다. 나와 타인의 민낯을 발견하기 위해선 어둠이 필요할지도 모른다는 사실을 내게 알려준 것은 지하철의 유리창이다.

　나를 꿈꾸게 했던 창들은 이제 어디에 있을까. 사람이 꿈꾸는 걸 멈추면 닫혀버리는 창들은. 소설을 쓰기 위해 수없이 많은 문장들을 썼다 지운 후 지하철을 타고 집으로 돌아오던 어느 오후, 나는 지하철역 출구 계단 위에서 한 노인을 보았다. 지하철 안에서는 에어컨 덕에 더위를 잊을 수 있었는데, 네모난 유리문을 열고 역사 밖으로 나가자 갑작스러운 열기와 습기에 숨을 쉬기가 어려웠다. 그 노인은 출구 앞 보도블록 위에 좌판을 벌인 채 살구를 팔고 있었다. 노인을 지나쳐 집으로 가기 위해 땀을 흘리며 언덕을 오르는데 어쩐 일인지 파라솔도 없이 볕 속에 앉아 있는 그녀의 얼굴이 마음에 남았다. 소설을 쓰러 카페에 가기 위해 노트북을 챙겨 밖으로 나왔던 오전에도 그 노인은 그곳에 앉아 살구를 팔고 있었다.

　오래전, 겁 없이 소설을 처음 마음에 품었을 때 나는

틀림없이 아무것도 몰랐을 게다. 소설을 쓰는 일이란 내 기호대로 높이가 알맞게 짜인 푹신한 침대에 홀로 누워 잘 닦인 유리창 너머로 풍경을 구경하는 것이 아니라, 풍경을 보기 위해서 저마다의 서사를 가진 타인들이 만든 침대 위에 의자를 놓고 가까스로 올라가는 것이라는 사실을. 그것은 지붕도 벽도 없는 거리에서 뙤약볕에 익어가며 누군가 발견해주길 간절히 바라는 마음으로 한나절 동안 살구를 파는 것처럼 고독한 일이라는 사실을.

다시 왔던 길을 되돌아간 내가 그 노인 앞에 쭈그리고 앉아 플라스틱 바구니에 담긴 살구를 한봉지만 달라고 하자, 그녀는 나를 향해 말했다. "이게 작고 볼품없어 보이지만 정말 달아요." 나는 그녀의 얼굴, 상처처럼 주름이 패 있던, 곧 부서질 듯 메말라 보이던 그녀의 얼굴을 오래도록 바라보다 이윽고 답을 했다. 온 마음을 다해.

"오, 알아요. 알고말고요."

나로 존재하는 수고로움

오늘 아침 창밖엔 사늘한 빛이 설핏하다. 나는 느지막이 일어나 전기포트에 뜨거운 물을 끓인다. 집 안 여기저기에 놓인 사물들에는 아직 겨울의 흔적이 남아 있다. 나는 밤새 차가워진 공기를 데우기 위해 전기난로를 켜고 식탁겸 책상에 앉아 뜨거운 차를 한잔 마신다. 조금 있으면 소란을 떨며 만물이 생동하는 봄이 오겠지만, 아직은 조금 더 부드럽게 게을러도 괜찮은 겨울의 끄트머리다.

언덕 꼭대기에 있는 낡은 단독주택에서 살기 시작한 이래 월동 준비라는 말을 실감하게 됐다. 한파와 폭설을 대비해 제설제와 보온용 비닐을 챙겨두고, 상상을 초월하는 난방비를 내려면 돈을 따로 비축해두어야 했다.

유난히 춥고 눈이 많이 내린 이번 겨울, 이따금 눈을 치우러 나갈 때 말고는 대부분의 시간을 집에서 보냈다. 일어나면 유튜브를 틀어 초급자용 요가를 간단히 따라 하고, 식탁 겸 책상에서 아침 겸 점심을 먹은 후, 같은 자리에서 작업을 하다가 또 밥을 챙겨 먹고, 다시 작업을 하다가 잠자리에 드는 단조롭고 고요한 날들이었다. 그러던 어느 날이었다. 누군가가 초인종을 눌러 나가보니 문 앞에 옆집 아주머니가 서 있었다.

"이 집 옥상 수도 터졌나봐. 난리 났어."

무슨 소리인가 싶어 집 밖에 나가보니 우리 집 옥상에 연결된 배수관에서부터 흘러나온 상당량의 물이 골목을 따라 얼어 있었다. 너무 놀라, 알려주셔서 감사하다고 말한 후 집 안으로 들어왔다. 옥상 수도가 정말로 터졌나, 그럼 어떻게 하지? 얼른 고쳐야 물이 더 흐르지 않을 텐데. 당황한 마음을 애서 진정시키며 인터넷으로 검색하고 있는데 또다시 초인종이 울렸다. 나의 이웃이라 자신을 소개한 60~70대 정도로 보이는 남자는 우리 집에서 흘러나온 물

때문에 집 앞 골목이 얼었으니 해결해야 하지 않겠느냐고 말했다. 안 그래도 옆집 아주머니에게 듣고 지금 옥상 수도에 대해 알아보고 있노라 설명하려는데 그가 내 말을 자르더니 당장 나와 치운다고 말해야지 사람이 다칠 수도 있는데 옥상 이야기는 왜 하느냐며 소리를 지르기 시작했다. 갑자기 소리를 지르는 것만으로도 적잖게 당황스러운데 그는 기어이 한마디를 덧붙였다. "젊은 여자가 이사를 와서."

　그날 나는 집 앞 골목에 쭈그려 앉아 망치로 얼음을 깼다. 그냥 깨는 건 쉽지 않아 전기포트로 끓인 물을 조금씩 부어 녹인 얼음을 망치로 깬 후 삽으로 깨진 조각들을 퍼서 버렸다. 만약 그날 내가 마지막으로 마주친 이가 그 남자였다면 추운 골목에서 얼음을 깨던 그 오후는 괴로운 기억으로 남았을 것이다. 하지만 그날은 오히려 따뜻한 기억으로 남아 있다. 얼음을 깨고 있던 내게 이웃집 아주머니들이 베풀어준 호의 덕분에. "아니, 뭐 하러 이런 걸 깨고 있어. 어차피 곧 녹을 텐데. 내가 소금 뿌려두었으니 그냥 들어가, 추워"라고 말하며 내 삽을 가져가 깨뜨린 얼음을 대신 퍼 날라준 다정한 노년의 여성들. "이사 오고 몇년간 이런 적이 한번도 없었는데 얼마나 놀랐어? 올해가 유난히 추웠지?"라고 말해주며 옥상 수도를 살펴봐줄 수리업자 전화번호를 알려주던 내 이웃들.

어쩌면 이 일은 이웃 간에 흔히 벌어지는 작은 소동, 그냥 잊고 지나가기 마련인 하나의 일화에 불과할 수도 있다. 하지만 그날 일은 내 마음에 남아 쉽게 움직이지 않는다. 그건 그날 겪은 무례와 내가 '젊은—이젠 그다지 젊지도 않지만—여자'란 사실이 무관하지 않다는 걸 잘 알고 있기 때문이다.

허름한 산동네의 낡고 작은 단독주택에서의 삶이 관리인이 따로 있는 공동주택에서의 삶보다 불편하지 않다면 거짓말이지만, 또 언젠가는 이곳을 떠날 것이 분명하지만, 나는 이 집을 무척 좋아한다. 책상 앞에 앉아 있으면 창문 너머로 들려오는 새들의 지저귐, 유난히 활달한 고양이들의 울음소리, 일정한 간격을 두고 떨어지는 빗소리. 집에는 유리창이 많아서, 나는 집 안에 가만히 앉아서도 짙어지는 우듬지의 색깔과 석양의 농도로 계절이 깊어가는 걸 알수 있다.

　내가 이 집을 사랑하는 이유는 여럿이지만 가장 중요한 건 이곳이 나의 (제대로 된) 첫 집이라는 사실이다. 이집으로 이사를 한 그해, 동생은 결혼을 했고 나는 부모님의 기대와 달리 결혼이라는 제도 안에 들어가지 않은 채 본가를 떠났다. 언제 결혼할 거냐 노래를 부르던 부모님은 내게 (적어도 당분간은) 그럴 계획이 없다는 걸 동생이 결혼 준비를 시작할 즈음에야 겨우 받아들였다. 결혼을 하고 아이를 낳고도 글을 쓰고 온전히 자기 자신으로 존재하기 위해 애쓰는 사람도 많겠지만 내게는 그럴 능력이 없음을 나는 일찌감치 알아버렸다. 엄마는 동생에게 신혼살림으로 그릇 세트를 장만해주며 내게도 필요한 것이 없느냐고 물었다. 나는 새로운 그릇 세트나 냄비 세트 같은 건 원하지 않았고 엄마가 혼수로 가져온 그릇들—갈색 유리 그릇 세트였는데 엄마는 몇십년째 찬장에 쟁여놓기만 하고 좀처럼 쓰지 않았다—이면 족하다고 했다. 엄마는 (엄마가 원한 형태는 아니었지만) 어쨌든 독립하는 딸에게 새 그릇을 사주지 못해 미안한 기색이었지만 나는 새로운 그릇 세트보다 엄마의 혼수가 더 좋았다. 이사를 하고 얼마 후 난생처음 베트남으로 여행을 떠났고, 다낭의 해변을 걸었다. 휴양지 여행을 그다지 선호하지 않는 나에게 풀 빌라에서 며칠을 보내는 것은 낯선 여행 방식이었지만, 그저 좋았다. 이제부터는 새로운 삶이 펼쳐지리라는 것을 알았다. 나의 집. 나의 삶. 나의 미래. 온전히 내가 선택한 것들. 나는 내가 먹고 자고 글 쓰는 나의 공간을 쓸고 닦는다. 비가 새거나 벽의 페인트가 벗겨질 때를 대비해 글을 쓰고 강의를 해 번 돈을 모아둔다.

여성 작가에 대한 편견 중 하나는 남편 수입에 의존해 살기 때문에 예술을 쉽게 할 수 있으리라는 것이다. 창작활동만으로 먹고살기 어려운 건 여성이나 남성이나 마찬가지이고 경제적 능력이 있는 파트너의 조력을 받아 나쁠 게 없는 건 둘 다 같을 텐데, 유독 여성 작가들에겐 그런 편견이 덧씌워진다. 여성이 자유로워지기 위해선 경제적 독립이 선행되어야 한다고 끊임없이 주장했던 시몬 드 보부아르가 일찍이 "여성이 자립의 길을 선택하기 위해선 남성보다 더 큰 정신적 노력이 필요할 것이다"*Le Deuxième Sexe I*, Paris: Gallimard 1986, 234면라고 말한 것도 이 때문일 것이다.

나의 할머니는 나에겐 누구보다 다정했지만 구두쇠처럼 인색하다는 평을 종종 듣는 사람이었다. 내겐 할머니를 떠올리게 하는 사물이 하나 있는데 그건 할머니가 노트에 30센티미터 유리 자를 대고 직접 세로줄을 그어 만든 가계부다. 할머니는 돋보기를 낀 채 자그마한 상 위에 스탠드를 켜놓고 가계부를 썼다. 성경책을 읽을 때와 더불어, 내가 기억하는 할머니의 가장 진지한 모습이다. 할머니는 날마다 통장 잔고를 헤아렸고 허투루 돈을 쓰는 법이 없었다. 하지만 내 생일이나 졸업식같이 특별한 날에는 봉투에 돈을 담아 건네곤 했다. "수린아, 생일 축카한다, 할머니가" 같은 짤막한 문구를 정성껏 봉투 위에 적어서. 할머니 생의 마지막 즈음 우리 가족이 살던 동네에는 할머니가 걸어갈 만한 거리에 재래시장이나 화장품 가게 같은 것이 없어서 뭔가 필요해지면 할머니는 언제나 나에게 사다달라고 부탁을 해야만 했다. 할머니는 그때마다 나에게 돈을 주었고 물건을 사다드리면 심부름값이라며 거스름돈을 가지라고 하셨다. 손주들이 놀러 오면 용돈이라며 주머니에 돈을 찔러주는 그런 성격은 아니었지만 할머니는 나름의 방식으로 돈을 운용했고 자신의 기준에서 필요하다고 생각하는 곳에 돈을 썼다.

할머니가 아빠와 그 형제들을 교육시킬 수 있었던 것은 삯바느질과 계모임으로 번 돈을 할아버지가 벌어 오는 부족한 월급에 보탠 덕이었다. 혼자 힘으로 한글을 깨칠 만큼 똑똑했고 아름다운 것을 사랑했고 자존심이 무척이나 셌던 할머니는 초등교육도 받지 못하고 재능을 펼칠 수 있는 제대로 된 직업을 가져본 적도 없이 부모의 뜻에 따라 결혼해 아이들을 건사하는 삶을 평생 살아야만 했다. 자신이 얼마나 반짝일 수 있는 사람인지 미처 알기도 전에 빛을 낼 가능성을 단념해야만 했던 할머니. 그런 할머니에게는 스스로 돈을 벌고 아껴 자식들을 뒷바라지하는 것이 처음으로 주체성을 경험해본 일은 아니었을까. 더이상 어떤 수입도 벌어들이지 못하고 로션이나 스킨을 사는 간단한 일조차 손녀딸에게 의지해야만 했던 할머니에게는 얼마 되지도 않는 통장 잔고를 스스로 통제하는 일이, 약간의 이자를 확인하고 가계부를 쓰는 일이, 자신의 계획에 따라 쓸 수 있는 최소한의 돈을 어떻게든 유지하려 애쓰는 일이 어쩌면 당신의 자유와 존엄성을 지킬 수 있는 유일한 방편으로 여겨졌을지도 모른다는 생각이 들면 나는 어김없이 슬퍼지고 만다.

　　손재주가 아주 좋았고 집 안을 누구보다 깨끗하게 청소했고 식혜나 고추장 같은 음식을 맛있게 만들었지만 할머니는 내겐 그런 것들을 조금도 가르쳐주지 않았다. 작가가 된 후 새벽까지 거실에서 노트북을 펼쳐놓고 앉아 있을 때가 많았는데, 잠에서 깨 화장실에 가려고 나온 할머니는 그런 나를 볼 때마다 "아직도 그러고 있냐" 하며 안쓰러워하셨다. "얼른 가서 자라, 병날라." 하지만 졸음 섞인 할머니의 목소리에는 자신이 감히 꿈꿔볼 수 없었던 어떤 고귀한 일을 하는 손녀딸을 기특해하는 마음이 한밤의 달착지근한 꽃향기처럼 비밀스럽게 배어 있다는 걸 나는 알았다. 아이와 남편을 위해 헌신하는 것밖에 몰랐던 사람에게 유일하게 허락된 '물질적인 삶'과는 다른, 할머니의 눈에 보다 숭고해 보이는 정신적 세계를 향해 한발 한발 나아가는 삶.

데버라 리비는 『살림 비용』이예원 옮김, 플레이타임 2021에서 이혼을 "남자와 아이의 안위와 행복을 우선순위로 두어오던 가정집이라는 동화의 벽지를 뜯어"내는 일에 빗댄 다음 자신이 자아를 찾아가는 과정이 동화 벽지 "뒤에 고마움도 사랑도 받지 못한 채 무시되거나 방치되어 있던 기진한 여자를 찾는"21면 것이라고 말한다. 할아버지의 아내, 자식들의 엄마, 손주들의 할머니로 평생을 살았으나 자신의 이름을 되찾을 엄두조차 내본 적 없던 할머니가 내게 살림을 결코 배우지 못하게 한 건 내가 당신과 달리 자유를 누리며 살기를 바랐기 때문이리라.

여성으로서, 작가로서, 한 인간으로서 "자유를 누릴 '자기'"12면를 되찾기 위해 남편과 '정상가족'으로서의 핵가족이 주는 안락함을 대가로 지불하고 고군분투하는 리비의 모습을 기록한 『살림 비용』을 읽는 내내 나는 이혼 후

새 삶을 시작하는 그녀를 조용히 응원하는 마음이었다. 새로운 집 침실의 사면을 노란색으로 칠할 때는 '너무 정신없지 않을까요' 걱정하고, 언덕 위 집을 수월히 오르내리기 위해 전기자전거를 구입하는 대목에서는 '나도 하나 사면 좋겠는데' 생각하면서. 책으로 빼곡하던 서재 대신 타인의 헛간을 빌려 작업하느라 중요한 미팅 자리에 진흙 묻은 나뭇잎 세개를 머리에 붙이고 들어설 수밖에 없었던 데버라. 퍼붓는 비를 맞아가며 자전거를 타고 언덕을 오르던 길에 그만 가방이 열려 장 봐 온 닭이 '로드킬'되는 걸 목격해야만 했던 데버라. 비에 쫄딱 젖은 채 집으로 돌아온 그녀는 그토록 피곤한 날에도 자신을 돌봐줄 사람이 없다는 걸 깨닫고 다소 자조적으로 말한다. "나는 혼자였고 나는 자유였다. 관리되는 것도 거의 없고 수도나 전기 같은 기본 시설마저 수시로 끊기는 집에 따라붙는 막대한 관리비를 지불할 자유가 내게 있었다. 식구를 부양하기 위해 목숨을 다해가는 컴퓨터에 글을 쓸 자유가 내게 있었다."82면

리비식으로 말하자면, 내게도 자유가 있다. 내게는 다 낡은 집의 수도가 터진 게 아닐까 걱정할 자유가 있었

고 임박한 마감 날짜를 지키지 못하더라도 골목에 나가 얼음을 망치로 깨부술 자유가 있었다. 솔직히 고백하자면 때로 그런 것들은 나를 고단하게 하고 안락해 보이는 타협책을 향해 손을 뻗고 싶게 만들기도 한다. 하지만 대부분의 날에 나는 그럼에도 불구하고 내 몫의 수고로움을 스스로 감당하며 살아내는 것이 값진 일이라는 걸 안다. 그것들은 내가 지금 누리고 있는 글을 쓸 자유, 사랑하는 사람과 다른 형태의 공동체를 꿈꿀 자유, 타인의 기대나 시선에 부합하는 내가 아니라 오롯한 나 자신으로 존재할 자유를 쟁취하기 위해 내가 기꺼이 지불해야 하는 비용이라는 걸 알고 있기 때문에.

데버라 리비는 『살림 비용』을 이런 문장으로 끝낸다. "당신이 지금 읽고 있는 이 글은 삶의 비용으로 만든 글이며 디지털 잉크로 만들어졌다."161면 이 문장을 패러디해 이 글을 이렇게 마무리하면 어떨까?

나는 여성이고, 작가다. 그리고 당신이 지금 읽고 있는 이 글의 원고료를 받으면 난방비를 낼 예정이다.

　　수리업자를 불러 얘기를 들어보니 옥상 수도는 파열된 게 아니었고, 그가 시키는 대로 화장실 밸브를 열어놓자 더이상 배수관으로 물이 새지 않았다. 기온이 영상으로 올라가자 폭설이 내리는 동안 자취를 감추었던 고양이들이 다시 골목 위를 거닐었다. 사뿐사뿐 춤추듯, 가볍게. 골목의 얼음은 모두 녹아 흔적도 없이 사라졌다. 그리고 나는 일상으로 돌아와 내 집에서 오늘도 쓰고, 또 산다. 나로 존재하기 위해 날마다 분투하면서.

봄의 일기

봄이 왔다.

얼마 전까지는 환기를 한번 하려면 큰마음을 먹어야 했는데 이제는 창을 열고 그 앞에 한동안 서서 아주 멀리 있는 나뭇가지에 연두색 새순이 돋아난 걸 보고 있을 수 있다. 낡은 주택에 살기 시작한 이래 내게 겨울이 끝난다는 건 더이상 난방비를 걱정하지 않아도 된다는 이야기다. 골목에 쌓인 눈을 치워야 한다는 생각에 서둘러 움직이지 않아도, 수도관이 동파할까봐 날마다 일기예보를 확인하며 전전긍긍하지 않아도 된다는 의미다.

이번 겨울의 초입엔 천장에 물이 새서 대공사를 해야 했다. 워낙 낡은 집이라 한겨울이면 결로가 생기는 일이 종종 있었지만 이번에는 천장이 젖어가는 양상이 심상치 않았다. 재작년 겨울에 옥상 수도가 잘못돼 고생을 한 터라 이번엔 추워지기 전에 미리 옥상 수도 쪽으로 이어지는 화장실 밸브를 열어놓은 것인데 거기에서 말썽이 생긴 탓이었다. 영문도 모른 채, 그렇게 조심했는데 기어이 수도관이 터진 건가 걱정만 하던 내게 천장이 젖어가는 원인이 화장실 밸브 탓이란 걸 알려준 사람은 R실장님이다.

R실장님을 처음 만난 건 내가 단독주택에 살아보기 위해 낯선 동네로 이사한 그해였다. 아무런 준비도 없이 충동적으로 노후한 단독주택에서 살기 시작하면서 나는 공동주택에 살 때는 경험하지 못한 크고 작은 어려움을 끊임없이 맞닥뜨려야 했다. 전기나 수도에 대한 기본적인 상식이 부족한데다 계산이나 측량에 더없이 취약하고, 무엇보다 제대로 다룰 줄 아는 공구가 하나도 없었으니 당연한 일이었다. 갑작스럽게 테라스 쪽에 비가 새 물난리가 나거나, 화장실 문이 뒤틀려 여닫기가 어려워지면 나는 패닉에 빠지곤 했다. 그때마다 어김없이 나를 구해준 사람이 바로 R실장님이다.

지인의 소개로 알게 된 R실장님은 방글라데시에서 온 노동자로 키가 작고 고양이처럼 날렵하다. 그는 내가 "큰일 났어요" 하고 호들갑스럽게 전화를 하면 매번 "이따가 한번 들러볼게요" 하고 경쾌한 투로 말한다. 오토바이를 타고 집에 와서는 한번 쓱 둘러본 후 오래 걸리지 않아 간단하게 진단을 내린다. "결로네, 결로."(나는 '결로'란 단어를 그에게 처음 배웠다.) "화장실 습기 때문에 나무가 뒤틀려서 그런 거예요." 그런 후엔 몇날 며칠 나를 괴롭게 했던 문제를 해결하곤 다시 오토바이를 타고 유유히 사라진다. 이따금씩은 놀랍게도 그의 손길이 몇번 닿는 것만으로 문제가 거짓말처럼 해결될 때도 있다. 아무 일도 아니었으니 사례조차 필요 없다고 말하는 그에게 고마운 마음과 함께 수고비를 봉투에 담아 건네면 그는 "뭘 봉투까지" 하며 웃는다. 나는 R실장님이 언제 한국에 왔고, 몇살이며, 가족관계가 어떻게 되는지 아무것도 모른다. R실장님 역시 도대체 집에 왜 그렇게 많은 책을 쌓아놓고 사는지—그는 우리집 이중 책장이 책의 무게를 이기지 못하고 주저앉아 레일에 낄 때마다 말없이 고쳐준다—내가 무슨 일을 하는 사람이기에 혼자서는 고칠 수 있는 게 하나도 없는지 묻지 않는다. 몇년 동안 알고 지내면서도 서로 사적인 부분에 대해서는 묻지 않는 사이였는데 지난겨울 누수공사를 위해 여러날 우리 집에 들락거렸던 그가 처음으로 나에게 물었다. "가구가 꽤 없어졌네요. 이사 가요?" 강아지를 무지개다리 너머로 떠나보낸 이후 집에서 밤을 보내는 일이 너무 괴로워져 이곳을 낮 시간 동안 작업하는 장소처럼 쓰기로 했다고 짧은 한두마디로 설명할 방법이 내게는 없고, 그래서 나는 가만히 웃기만 했다. 공사를 하는 내내 나는 몇번이나 그에게 물었다. "그런데 밸브 문제가 아니라 사실은 수도관이 터졌던 거면 어떻게 하죠? 공사를 다 했는데도 물이 또 새면요?" 그때마다 그는 내게 말해주었다. "걱정 말아요. 내가 며칠 동안 퇴근하는 길에 들러 계속 물이 새는지 아닌지 살펴볼게요." 대가 없는 수고를 마다하지 않는 그 마음 덕분에 나는 겨울을 또 한번 순탄하고 평화롭게 살아내고 봄을 맞이할 수 있게 됐다.

산동네의 봄은 산 아랫동네보다 조금 더디게 온다. 하

지만 시간이 흐르면 어김없이 이곳에서도 조금씩 공기가 달라지고 가지마다 꽃망울이 자란다. 어제는 며칠 전까지도 새부리처럼 딱딱하게 굳어 있던 꽃망울 사이로 하얀 목련송이가 피어나는 걸 보았다. 새들이 낮은 곳에서 지저귀고, 고양이들의 움직임이 분주해진다. 봄이 되면 동네의 산책로는 워낙에도 아름답지만 지난해 어디에선가 나온 사람들이 땅을 고르고 꽃모종들을 심었으니 올해는 한층 더 화려해질 것이다. 계절마다 다른 성곽의 아름다움을 누리는 건 내가 언덕의 집으로 이사를 한 이후 누리는 최고의 사치지만 올봄에도 나는 성곽 쪽으로 걷지는 못하겠지. 봉봉과 산책하던 길을 혼자서는 도저히 걸을 수 없어 지난 몇년 동안 다니지 않던 길로만 걸어다니기 시작한 지도 벌써 여러달이 되었다.

도예작업실을 발견하게 된 것은 그런 날들 중 하나였다. 봉봉과 함께 살 때는 무언가를 배우고 싶어도 선뜻 실행에 옮길 수가 없었다. 노령견을 혼자 두고 외출하는 건 원래도 불안했지만 봉봉의 건강이 악화된 이후엔 상상조차 하기 어려워졌으니까. 그 탓인지 봉봉을 떠나보내고 얼마 되지 않았을 땐 집에 머무는 일이 커다란 고통이 되었다. 나는 아침에 일어나면 볼일이 없어도 무조건 집 밖으로 나섰는데, 그러던 어느 날 무턱대고 걷던 중에 도예작업실을 마주쳤다. 물레를 돌려보고 싶다는 마음을 오래전부터 품고 있긴 했지만 선뜻 용기를 내지 못했던 내가 도예수업에 등록한 건 집 밖으로 나갈 핑계가 절실했기 때문이었다. 흙의 공기를 빼는 작업엔 꽤 많은 힘을 써야 하고 물레는 돌리는 내내 한 자세를 유지하느라 가뜩이나 안 좋은 허리가 더 아팠지만, 흙에만 집중하고 있다보면 시간은 순식간에 지나갔고, 그 점이 내게는 좋았다.

  며칠 전엔 내가 처음으로 만든 도자기가 완성되었다는 연락을 받아 오랜만에 도예작업실로 찾으러 다녀왔다. 내가 찾아온 도자기는 두개인데, 그중 하나는 물레 작업을 할 때 선생님이 도와주셔서 모양이 상대적으로 멀쩡하지만 혼자 힘으로 만든 나머지 하나는 매우 개성 넘치는 모양새다. 애당초 컵을 만들려고 했지만 실패하고 실패해 결국엔 자그마한 그릇이 되어버린 나의 첫 완성품은, 면의 두께가 전혀 일정치 않고 앞과 뒤의 모양조차 완전히 다르지

만 내 눈엔 더할 나위 없이 귀엽고 사랑스럽다. 몇달의 시
간과 적지 않은 강습료를 들여 이렇게 결함투성이인 그릇
두개를 겨우 만들어내다니. 모든 걸 시장의 논리로만 계산
하는 세계에서 내가 만든 두개의 도자기는 낭비와 비효율
의 극치에 불과할 것이다. 하지만 그렇다면 내가 이 귀엽
고 사랑스러운 도자기들을 보며 얻는 기쁨은 어떻게 값을
매겨야 하는 걸까? 나의 계산법과 세상의 계산법은 때때로
자주 어긋나고 가끔은 이런 내가 걱정이 되기도 하지만, 내
가 셈하는 방식이 나는 그럭저럭 마음에 든다.

> 나는 사치와 상업, 공업과 항구와 공장, 옷감과 금속을
> 향한 마음을 당신에게 버린다. 그러니 내가 연극을 위
> 해 울고 모차르트를 듣고 라파엘로를 보며 온종일 바
> 다의 파도를 바라볼 수 있게 내버려두기를!
> ──귀스타브 플로베르「예술과 상업」,『가만히, 걷는다』,
> 신유진 엮고 옮김, 봄날의책 2021, 198~99면.

가끔씩 마음속으로 되뇌게 되는 이 구절을 나누고 싶

어 이번 학기 소설 창작을 가르치는 학생들과 플로베르의 짧은 산문을 읽었다. 매 학기 학생들에게 이런저런 글을 읽게 하고 이야기를 나누는 것이 내가 하는 여러가지 일 중 하나인데, 오랜만에 대면 수업을 하는 이번 학기 학생들의 글과 말에서는 어떤 변화의 기미가 느껴지는 것 같다. 그것이 지난 몇년간 한국 사회에서 보이는 어떤 경향성을 반영하는 변화라고 말하는 건 쉽겠지만 나는 무엇도 섣부르게 단정하고 싶지는 않다. 나는 '아무도 그들을 차별하지 않고 사실 그들에게 별 관심이 없는데 동성애자들은 동정이나 인정을 받고자 하는 욕구가 강해 시위를 하는 것 같다'라고 말하거나 '소설이라는 건 잘 팔리고 재미있는 이야기면 족하다'라는 학생들의 이야기를 가만가만 듣고, 우리 안에 깊숙이 박혀 있는 혐오를 스스로 깨닫게 하거나, 이 세계의 모든 것을 공리나 시장성이라는 단순한 잣대로 설명할 수 없다는 것에 대해 생각해볼 수 있도록 조심스럽게 씨앗을 뿌린다. 어떤 씨앗은 결국 죽어버리겠지만, 어떤 씨앗은 적절한 계절을 만나면 꽃을 피울지도 모른다고 기대하면서.

하룻밤 사이 기온이 올라가 만개한 목련꽃송이들이 아름다워 꽃그늘 아래 오래 앉아 있었다. 본격적인 봄의 시작을 누리기 위해 색색의 꽃을 매단 나무 앞에서 사진을 찍는 사람들이 아주 많았다. 찬란한 빛 속에서 즐겁게 웃는 사람들을 보는데 지구의 반대편에서는 이 아름다운 계절에 폭격으로 집과 가족을 잃고 목숨을 잃는 사람들이 있다는 사실이 아프게 떠올랐다. 나는 얼마 전 열한살짜리 우크라이나 소년이 홀로 슬로바키아의 국경을 넘는 모습을 뉴스에서 본 일이 있는데, 소년의 엄마는 장애인 어머니를 두고 떠날 수 없어 어린 아들을 홀로 피란시켰다고 한다. 전쟁 중에 아이가 잘못될까봐 이제 겨우 열한살인 아들을 다른 나라로 가는 기차에 홀로 실어 보낸 여성이 사는 도시에도, 엄마가 손등에 써준 전화번호가 지워지지는 않을까 조심하며 홀로 국경을 넘는 기차에 올라탄 어린아이가 도착한 그 도시에도 꽃은 피었을까?

4월 중에 튤립 모종을 사다 심어야지, 하고 마음먹었다. 식물들을 키우는 데 소질이 없어 죽이게 될까 두렵지만 정말 잘 키우고 싶다고 생각하면서. 뉴스를 보면 볼수록 나라 안팎으로 혐오와 폭력이 득세하는 것 같아 마음이 무겁고, 그럴 때는 나도 허무와 좌절에 몸을 맡기고 싶어진다. 하지만 혐오나 폭력만큼이나 허무와 좌절에 빠지는 것 역시 너무나도 손쉬운 해결책이란 걸 아니까, 그럼에도 또다시. 이럴 때일수록 이 봄엔 희망에 대해 조금 더 말하고 싶다. 희망은 더디게 피어나는 꽃이니까. 나무줄기의 색을 조금씩 바꾸고 꽃망울을 날마다 부풀리며 더디게 봄이 오듯이. 귀하고 아름다운 것을 길러내는 일엔 언제나 긴 시간이 필요한 법이니까.

마흔 즈음

산책을 하고 돌아오는 길에 프리지어를 한단 사 왔다.
매달 같은 날 몇송이씩 꽃을 사온 지 벌써 여러달이 되었
다. 한달에 한번 정해진 날 동네 꽃집에 들러 꽃을 사는 건
봉봉을 떠나보낸 이후 생긴 나만의 의식이다. 내가 사랑하
는 강아지가 먼 여행을 떠난 날을 잊지 않고 환한 꽃송이
로 기억하는 것.

이번 달엔 무슨 꽃을 사면 봉봉이 좋아할까 잠시 고민
했지만 꽃집에 프리지어가 있는 걸 보고는 망설이지 않고
한단을 집었다. 3월엔 역시 프리지어지. 언제부터인지는
모르겠지만 3월이 되어 그해의 첫 프리지어를 만나면 나는
반드시 꽃을 사서 누군가에게 선물을 한다. 봄에 피는 아름

다운 꽃은 프리지어 말고도 많이 있지만 아무래도 프리지어를 사야 비로소 봄이 시작되는 듯한 기분이 든다.

새로 사 온 프리지어 중 일부는 이미 꽃이 피어 있고, 나머지는 아직 꽃망울 상태다. 꽃망울들이 꽃잎을 활짝 벌릴 즈음이면 지금 피어 있는 꽃들은 져버렸을 것이다. 피고 지는 것이 자연의 이치인 걸 알면서도 그럴 것을 생각하면 어쩔 수 없이 슬퍼진다. 시작과 동시에 끝을 상상해버리는 것. 이것은 나의 오래된 좋지 않은 습관이다.

창가에 둔 프리지어 꽃들이 모두 질 즈음엔 3월이 다 지나 있겠지. 오랫동안 3월은 1년 중 내가 가장 싫어하는 달이었다. 3월의 부산스러운 활기와 너도나도 시작이라고 다짐하는 분위기가 불편하기도 했지만 무엇보다도 3월이 되면 낯선 사람들을 만나 끊임없이 환히 웃어야 하는 것이 내게는 고통스러운 일이었다. 전학과 이사를 반복했던 나에게 어렵게 사귄 친구들과 헤어져 모든 것을 새로 다시 시작해야 하는 3월은 불안과 두려움, 외로움과 무력감을 뜻하는 달이었다. 게다가 3월에는 내 생일이 있었다. 유치원에 입학한 이래 줄곧 나는 누군가의 생일을 챙겨만 줄 뿐 정작 내 생일엔 친구들 없이 혼자 지내야 했다. "다음 네 생일엔 내가 축하해줄게"라고 말하던 친구들은 학년이 바뀌고 반이 갈리면 모두 다 새 학기 시작의 어수선함 속에서 내 생일을 까맣게 잊어버렸다.

언제나 친구들의 생일파티에 초대를 받기만 했던 아이, 내 생일에 초대장을 나눠줘본 적 없는 아이였던 내게도 몇차례의 즐거운 기억은 있다. 그중 가장 아끼는 것은 언젠가 할머니가 열어준 '가짜 생일파티'에 대한 기억이다. 생일파티에 초대받을 때마다 나도 친구들과 집에서 파티를 해보고 싶다고 노래를 부르던 나에게 어느 날 할머니는 가짜 생일파티를 열자고 말했다. 가짜 생일파티? 응, 가짜 생일파티. 정확히 기억나진 않지만 우리는 초대장을 만들었을 것이다. 초대장에 가짜 생일이라고도 썼던가? 그것도 기억나지 않지만 초대받아 온 친구들은 모두 그날이 진짜 내 생일이 아니란 건 알았다. 진짜 생일은 아니었지만 그날 우리 집 거실에 놓인 커다란 상 위에는 생일을 맞이한 친구들의 집에서 늘 보았던 것처럼 김밥과 잡채, 과일, 생일

케이크 따위가 잔뜩 올라와 있었다. 아이들은 내가 몇번이고 상상했던 것처럼 36색의 크레파스와 필통 등이 들어 있는 선물 세트를 알록달록한 포장지에 싸서 선물로 주었다. 그 일이 있었던 것이 1년 중 어느 계절이었는지, 그날 초대받았던 친구들이 정확히 어떻게 생겼는지는 더이상 떠오르지 않지만 그날을 생각하면 내 마음엔 한지에 꽃물이 스며들듯 온기가 번진다. 진짜 생일이 아닌데도 생일상을 준비해준 할머니와 가짜 생일파티가 뭐냐고 타박하는 대신 친구들 편에 기꺼이 선물을 들려 보내준 친구들의 보호자가 지닌 다정한 마음에 대해서 이따금 나는 생각해본다. 혐오와 차별이 만연한 세상에 환멸을 느끼면서도 내가 여전히 인간의 선의를 믿고 있는 건 이런 기억들을 내 안에 간직하고 있기 때문일 것이다.

　지난 몇년 동안은 노령견을 돌보며 대부분의 시간을 보냈다. 언뜻 보기엔 기억 속 어린 새끼 강아지와 큰 차이가 없어 보였지만 나의 개의 몸속에선 어느 순간 심장이 조금씩 고장 났고, 관절이 닳았고, 여기저기에 종양이 생겨났다. 그런 과정을 가장 가까이에서 지켜본 탓인지 모르겠지만 최근 몇년 사이 나는 늙음에 대해서 생각하는 일이 부쩍 많아졌다.

어쩌면 내가 마흔에 가까워오면서 노화를 체감하기 시작한 탓인지도 모르겠다. 원고 노동자들이라면 누구나 그렇듯 나 역시 줄곧 허리가 좋지 않은 편이지만 작년에는 허리가 너무 아파서 몇달 동안 의자에 앉지 못하고 선 채로 원고를 쓰고 밥을 먹어야 했다. 뽑아버리는 게 조심스러울 만큼 빈번히 새치가 보이기 시작하기도 했다. 살이 잘 찌지 않는 체질인 줄 알았는데 날이 갈수록 눈에 띄게 군살이 붙었고 주름이 많아졌으며 잠을 줄이면 좀처럼 체력이 회복되지 않았다.

스무살 적엔 마흔살이 아주 먼 미래의 일이었다. 스무살 즈음 나는 매우 불안정했고 내가 태어나지 않았더라면 사랑하는 사람들이 덜 불행했을 거라는 생각을 떨치기가 어려웠다. 그 시절 마흔은 내게 환상 속의 나이였다. 무엇을 선택하고 어떻게 살아야 할지 몰라 갈팡질팡하는 날들의 연속이던 그 시절, 마흔은 더이상 불안을 느낄 필요도 없고 스스로와도 더는 불화하지 않는, 행복한 상태의 동의어였다. 잊고 살았던 그 기억이 하필 왜 지금 다시 떠올랐을까? 나이를 실감하며 사는 편은 아니지만, 마흔번째 생일을 맞이한다는 생각이 들자 조금 울적해졌던 건 그 기억 탓인지도 모르겠다. 상상 속의 마흔과 달리 내 앞에 도래한 마흔은 안정이나 스스로와의 화해와는 거리가 멀어 보였고, 그저 육체의 쇠락이 가속화되는 나이같이 느껴졌을 뿐이니까.

우울에 나 자신을 방치하지 않기 위해 마흔번째 생일엔 평소의 나라면 하지 않을 즐거운 일을 감행해보기로 했다. 이를테면 여행을 떠나보면 어떨까? 많은 이들이 오해하는 것과 달리 여행을 준비하는 데 영 소질이 없어 대부분의 시간을 동네를 어슬렁거리며 보내는 나지만, 학생들을 가르치는 일을 하는 처지라 내 생일에 낯선 곳에 가볼 엄두를 한번도 내보지 못했다는 데 생각이 미치자 갑자기 여행이 떠나고 싶어졌다. 팬데믹이 시작된 이후로 수도권에 살고 있는 내가 지방의 누군가를 감염시켜 가뜩이나 힘든 보건의료계 종사자들이나 자영업자들에게 부담을 더 주게 될까 두려워 나는 여행을 자제해왔고, 일 때문에 지방에 가더라도 대부분의 시간을 숙소에서만 보내온 터였다. 생일 전후로 모두 강의가 있었기 때문에 여행을 할 수 있는 건 생일 당일 하루뿐이었다. KTX 앱을 들여다보며 당일치기로 다녀올 수 있을 법한 장소들을 떠올려보다가 충동적으로 제주행 비행기표를 사버렸다. 당일치기로 제주도에 다녀오다니. 평소라면 가서는 안 될 온갖 이유를 찾아냈겠지만(당일치기 제주라니, 너무 사치스럽잖아. 비행기가 뿜는 이산화탄소의 양을 생각해. 다음 날 강의와 3월에 넘겨야 하는 원고들은 어떻게 할 생각이야 등등) 가능한 한 멀리, 조금 더 멀리.

매사에 고민은 많지만 계획이라곤 세울 줄 모르는 나답게 제주도에서 한 일은 대수롭지 않은 일들뿐이다. 버스를 타고 낯선 마을에 가서 올레길을 따라 걷다가 길을 잃었고, 지쳤을 즈음엔 다시 버스를 타고 이동해 아름다운 해변을 조금 거닐었다.

사회가 어떻게 노인을 타자화해왔는가에 대해 깊이 사유한 시몬 드 보부아르는 60대에 접어들어 쓴 노년에 관한 책『노년』, 홍상희·박혜영 옮김, 책세상 2002에서, 일찍이 우리는 노인을 타자로 여기기 때문에 '노화', 즉 '나 자신'이며 동시에 스스로가 '타자'가 되는 이 낯선 상태를 기꺼이 받아들이기가 매우 어렵다고 말했다. 하지만 그녀는 나이 듦이 우리에게 선물해주는 가장 가치 있는 축복은 젊은 시절 우리의 눈을 가리는 허상과 숭배를 치워버리고 우리가 진정성에 가닿을 수 있게 해주는 것이라고도 적었다. 몇 해 전 이 책을 처음 읽었을 때 노화를 받아들이기 어려운 이유는 내게 명료하게 다가왔지만 그것이 축복이라는 말은 연기처럼 흐릿하기만 했다. 지금 나는 늙는 것이 헐벗어가는 과정이 아니라 우리를 밑바닥으로 가라앉히는 거짓 욕망들로부터 자유로워지고 깃털처럼 가벼워지는 과정이라는 걸 어느 정도는 이해할 수 있게 된 것 같다. 하지만 내가 정말로 이해하고 있는 걸까?

그건 내가 노년에 이르렀을 때에야 확인할 수 있는 진

실이겠지만, 보부아르가 말한 의미를 온전히 깨닫게 될 그어느 날, 내가 마흔번째 생일을 떠올릴 때 봄빛이 일렁이는제주의 바다가 눈앞에 펼쳐지리란 걸 생각하면 마음이 즐거워진다. 그날 나는 하얀 모래밭에 비치타월을 깔고 누워오래전부터 읽고 싶었으나 일에 치여 계속 끝내지 못했던책을 읽었다. 이미 봄의 한가운데인 듯 온화한 날이었다.감귤색 연이 푸른 하늘 위로 가붓하게 날아오르고, 멀리 풍력발전소의 날개가 서두름을 모르는 듯 느리게 돌아가고있었다. 해변에서 사진을 찍는 사람들이나 카페에 앉아 바다를 내려다보는 사람들은 더러 있었지만 나처럼 모래밭에 누워 있는 사람은 아무도 없었다. 부드러운 바람이 불었고 파도 소리가 들려왔다. 내게서 그리 멀리 떨어지지 않은곳에서는 웨딩드레스와 연미복 차림의 예비부부가 웨딩사진을 찍고 있었다. 부부로서의 삶이든, 40대의 삶이든 어떤 시작을 축하하기에 아주 알맞은 날이었다. 마흔에 생긴기미는 잘 지워지지 않는다던데. 봄볕 아래서 잠깐 그런 생각을 했지만 그런 것 따윈 문제가 되지 않을 정도로 그 오후의 몇시간 동안 나는 그저 행복했다. 얼마나 지속될지 알 수 없는 행복이었지만 아무래도 상관없었다. 어차피 행복은 지속되는 것이 아니라 깊은 밤 찾아오는 도둑눈처럼 아름답게 반짝였다 사라지는 찰나적인 감각이란 걸 아는 나이가 되어 있었으니까. 스무살이었던 나의 빈곤한 상상 속 마흔과는 다르지만 나의 40대가 즐겁고 신나는 모험으로 가득하리란 걸 나는 예감할 수 있었다. 어린 날들에 소망했듯 나 자신을 날마다 사랑하고 있진 않지만, 나쁘지만은 않다. 앞으로 살아가며 채울 새하얀 페이지들에는 내 바깥의 더 많은 존재들에 대한 사랑을 적어나갈 테다.

　　여기에 실린 글들 중 일부는 올여름 창비 온라인 플 랫폼 '스위치'에 연재한 것이지만 나머지는 내가 작가가 되 고 언덕 위의 집과 인연을 맺은 이후 몇년간 틈틈이 썼던 글들을 모은 것이다. 긴 시간 동안 썼던 원고들을 한데 모 아놓고 보니 세월이 흘러 변한 것들이 내게는 보인다. 많은 것들이 달라졌지만 예전에 썼던 글들을 매만지는 동안 내 가 상실했다고만 생각했던 존재들이 가만히 내 곁에 다가 와 함께 있어주었는데, 시간이 많은 것들을 사라지게 하더 라도 내게는 글이 있어 잃었던 것과 몇번이고 다시 함께할 수 있으니 감사한 일이 아닐 수 없다.

이 산문집에 실을 마지막 원고를 송고하고 잠시 떠났다가 글을 다시 쓰기 위해 며칠 만에 언덕 위의 집에 돌아왔을 때 내가 목격한 것은 힘들게 심고 길렀던 식물들이 내가 돌보지 못한 사이 시들고 죽어 있는 풍경이었다. 한동안 떠났다 돌아올 때마다 반복해서 보게 되는 풍경인데, 매번 그 자리에는 내가 심지 않은 풀과 꽃이 만발해 있다.

예전의 나라면, 죽어버린 것들에 집중했을 것이다. 애써 노력해봤자, 소중한 것은 우리가 돌보길 그치는 순간 얼마나 쉽게 상해버리고 망가지고 마는지. 없애야 할 것들은 반면 얼마나 끈질기고 집요한 생명력을 지녔는지. 마치 비관적인 생각이나 낙담으로 기우는 마음, 미움과 오해, 깊은 곳에 숨겨둔 열등감처럼. 하지만 이제 나는 살아 있는 것들 쪽으로 시선을 옮긴다. 내 제한된 돌봄의 능력 바깥에서 태어나 세상의 빛을 본 것들. 내가 멈춘 그 순간에 뜻밖의 선물처럼 주어진 생명들. '내'가 전부이지 않은 세상이 좋다. 내가 심지 않은 것들이 피어날 땅을 남겨두며 살고 싶다.

그런 것들을 생각하며 이 산문집에 실린 글을 쓰고 정

리했다. 나의 작고 환한 방에서 시작해 멀리, 조금 더 멀리로 나아가는 이야기들을. 소설을 쓰는 사람이라 소설이 아닌 형식의 글을 묶을 때면 늘 주저하는 마음이 되지만 이 글들이 누군가 필요한 이들에게 잘 가닿기를 바란다.

새 책을 출간할 때마다 호명하고픈 감사한 사람들이 언제나 많지만 가족을 비롯해 이 글에 등장하는 실존 인물들에게 특별히 고마운 마음을 전한다. 바쁜 나날 중에 기꺼이 시간을 내어 글을 읽고 추천사를 써준 김하나 작가님과 안희연 시인님, 1부의 소제목이 된 '나의 작고 환한 방'이라는 근사한 제목을 선뜻 선물해주신 최지수 편집자님과 이 책을 기획하고 편집해준 박지영 편집자님에게도 감사 인사를 전하고 싶다. 오래전 어느 문예지에 내가 발표한 동네에 대한 글을 읽고 기획안을 만들어 나를 찾아와, 산문집 출간 계획이 아직 제대로 잡혀 있지 않았음에도 언젠가 꼭 같이 책을 만들자고 설득해준 박지영 편집자님이 있었기에 이 산문집은 세상에 나올 수 있었다.

끝으로 내 마음속 움직이지 않는 별이 된 봉봉에게

무한한 애정이 담긴 감사의 입맞춤을 보낸다. 이 책에 실린 내 글에 조금이라도 사랑이 깃들어 있다면 그건 온통 봉봉이 가르쳐준 것이다.

가을 초입에 언덕 위의 집에서,

백수린

에세이&

아주 오랜만에
행복하다는 느낌

초판 1쇄 발행 2022년 10월 14일
초판 11쇄 발행 2024년 10월 21일

지은이 백수린
펴낸이 염종선
책임편집 박지영
조판 박아경
펴낸곳 (주)창비
등록 1986년 8월 5일 제85호
주소 10881 경기도 파주시 회동길 184
전화 031-955-3333
팩시밀리 영업 031-955-3399
         편집 031-955-3400
홈페이지 www.changbi.com
전자우편 lit@changbi.com